命的门

赵静 著

天津出版传媒集团

百花文艺出版社

图书在版编目（CIP）数据

命的门 / 赵静著. -- 天津 ： 百花文艺出版社，
2025. 1. -- ISBN 978-7-5306-8990-5

Ⅰ. Ⅰ267

中国国家版本馆 CIP 数据核字第 2024HW3637 号

命的门

MING DE MEN

赵静　著

出 版 人 :薛印胜　责任编辑:张　雪
装帧设计:吴梦涵
出版发行:百花文艺出版社
地址:天津市和平区西康路 35 号　邮编:300051
电话传真:+86-22-23332651（发行部）
　　　　　+86-22-23332656（总编室）
　　　　　+86-22-23332478（邮购部）
网址:http://www.baihuawenyi.com
印刷:三河市华东印刷有限公司
开本:880 毫米×1230 毫米　1/32
字数:120 千字
印张:6.25
版次:2025 年 1 月第 1 版
印次:2025 年 1 月第 1 次印刷
定价:58.00 元

自序

　　我是一个没有故乡的人。

　　每当别人问我老家哪里的时候，我就语塞，我不知道该怎么回答。我的母亲以"爱情"的名义嫁给了一个流浪艺人，我出生在一个属于别人的村庄，我跟父母过了两年多颠沛流离的生活，居无定所。大约三岁，我从未谋面的外婆去世，我的母亲遵从外公的召唤，带全家回到她的出生地过日子，因为父亲是外乡人，常常招致欺辱和排挤，强大而野蛮的人最爱惹事生非，他们用不堪入耳的言词辱骂、威胁我，用鞭子、柳条、木棍伤我，甚至逼母亲对我下狠手……每一次，父亲留给我的印象都是，他蹲在墙根儿捂耳抱头却毫无办法的样子。流浪人只为保住户口。我不能发出声音，以免招来下一场毒打和驱逐。除此之外，我的童年和大半个青少年时期只有两件事可干：一个是听父亲讲故事，永远也听不完、幽默且振奋人心的故事；一个是阅读与写作。阅读，只能在悄摸中进行，一个没有故乡的孩子看书，意味着对土地不忠，对施予你土地的人不忠，何况这土地本不属于你。而写作，最能舒缓心结，既充盈自己，又为生活存留记忆。后来，我才知道这两件事都和文学有关。

但我从未想过要走文学的路。直到有一天，《有祖坟的地方，却不是故乡》登上《中国作家》，我才开始认真起来。在这之前，我已经不写很多年了。我得解决更为棘手的生存问题，自己的，家人的，甚至于那些没有温度的冷眼旁观也要解决掉。于是，在从中原孤身南下的谋生里，在深圳，十数年间，我背着种种过往埋头跟生活干仗，直干到云开月明。这期间，我的笔触没有光顾过一个与文学有关的文字。

二○一六年大年初一，从深圳出发，我带全家去寻父亲的故乡，在父亲的故乡行走，一种难以遏制的情愫在胸中激荡，久久固积，终于到了不得不写的地步，《有祖坟的地方，却不是故乡》便在这样的状态下写出，侥幸于同年发表，又侥幸于次年获得全国孙犁散文奖；这一年，历次辗转腾挪闪现在眼前，难忘的搬家场景挥之不散，陡然起意创作的短篇小说处女作《搬家》也侥幸获得第三届全国青年产业工人文学奖提名奖；这一年，灰扑扑的世界裂开一缝门，一位文学编辑闯进来，以生命另一半的身份温暖、滋养且照亮了那些难捱的时光；也是在这一年，我重新审视自己的生活，发现写作于我，仿佛多了一层含义，由此决定——继续写。

这期间，我无数次看见字块像珠子一样从高处砸下来。在睡梦里，在打盹时，在只要停下来的任何时刻或刚刚闭上眼

命的门

睛的刹那间。有时是水的形态，晶莹剔透，来不及接住，掉在地上就摔成一滩水渍，乌溜汪汪地睁眼瞅着我，我便尝试用记忆锁住它们尚未跌落的模样；有时是琉璃，幻了彩，啪啪叩响暗夜的地板，抖搂我心里那根紧绷的弦，我便立时起床点灯，排了序把它们串起来；有时是珍珠、琥珀、翡翠，一纵而下，留下震耳欲聋的响和飓风扫过的乱，使人不能顾于其他了，我便按照自己的需求和意愿去拾捡、擦拭、摆放整齐，偶尔摆设不当，就又重新来过。

这期间，我看见城市更新进程中被连根拔起的大树，忧虑于它们将来的命运，想起父辈飘摇的一生，我写下《不知所踪的树》；我看见千千万万个像父亲一样的漂泊者，从一个地方涌向另一个地方，又像我一样在深圳流浪并寻找希望，我写下《浪人》；我看见原生家庭对一个人的深远影响，咀嚼、检讨、反省着那些枝枝蔓蔓的不依不饶，我写下《命的门》；我看见饱经风霜的老人，用一生的颠沛和最后的倔强践行魂归故里的渴望，我写下《父亲即将死去》；我看见偏执的独行者以冰冷的身体对抗人世的不容，我写下"迎着头顶的孤星，我带着死去的父亲，北上"的《追夜》；我看见阔别三十余年的兄弟在晚年时期，用尽最后一丝力气奔赴相聚，力图化解、了却身前身后事，我写下《念见》；我看见懵懂女孩儿于外公屋檐下的风雨里跌跌撞撞着成长，在深不见底的灰色环境里播下希望的种子，我写下《来处》；我看见一别便是半生的起点终于和梦中时常闪现的惊魂血地合为一体，在陈铺于眼前的现实错愕中重审生命的劫难与意义，我写下《确山渡》……我就这样在回忆里奔跑，在写作中重新活了一次。

有人说，你这是长散文，打破了散文在人们心中短小、抒情、浮于表层的浅薄及无关痛痒的固化印象；也有人说，你这是大散文，兼叙事、抒情为一体，很自然地呈现了人物命运及自己的情感、心性和见识；还有人说，字里行间充斥着小说意味，仿佛在散文与小说的边界上徘徊，过渡出了一种新东西……谢谢这些不同的声音。我不知道它到底当属哪一类，或者说我不在乎人们如何界定它——我只是在蓦然回首时，陡然起了要写的意，心颤颤而动，意浓浓而行，就写成了现在的样子。

看见，想起，写下，且侥幸发表。就这样蒙着文学的名，竟写了十余篇。而今又闹到要出集子的地步了，无论如何，不能不说这是一件侥幸的事。于是便在这侥幸之中，心情激荡着，湿热的眼睛里浮出将我带上来路的人——志同道合的文友、掏心掏肺的家人、曾经给过我鼓励的前辈、发表我作品的编辑老师……是他们，给了我写作的勇气和重生的希望。

因为其间的每一篇都不足以表达文集的主旨，也曾翻来覆去、夜夜难眠地想给它取个好名字。我想到源乡，想到浮萍，亦想到来处，到底不够贴切，便只好拣选《命的门》来撑集子的门脸了。它断然不能概括整本文集的中心思想，一如将来我再发新的文章、再版新的刊物，统统加起来也不能真正地表达自己及诠释我之所思所想一样，一如陀思妥耶夫斯基所说，我所表达的东西不是我原本要表达的，我能表达的只是我想表达的东西的二十分之一。

因为担忧我在它们化为铅字多年之后的回望里生出恨意、悔意和愧疚之意，也曾一遍遍过滤、斟酌、修改这焐出我体温的九篇文字——结集出版，使它们没了修改的可能。从某种意义上来说，这是一件极其冒险的事情。可我知道，人生的很多趣事都是在冒险中完成的。

赵静

二〇二三年十一月于深圳

每一个字都在苦水里浸泡过

——读赵静散文集《命的门》

石华鹏

如果我们相信，我们有着一个由肉体、情感到灵魂这样渐次深入而构成的存在体的话，那么，我可以肯定地说，赵静这部散文集《命的门》里边的文字，咬噬过我的肉体，共鸣过我的情感，震撼过我的灵魂——它们与我的生命发生过联系。

这不是夸饰之言。你如果愿意放下手机，暂时远离那个嘈杂的屏幕而进入这部书里，我相信你会陷入那种久违的具有咬噬性和震撼感的阅读体验之中。为何如此肯定？因为世间有一条真理：蘸着生命的泪水而写就的文字，它会通往和唤醒另一个生命。用法国评论家亨利·戈达尔的话说是，一个写作，一个阅读，每一方都是孤独的。

《命的门》以苦难记忆以及苦难在两代人之间造成的疏离、伤害、怜爱等为中心展开叙述，时间由二十世纪五六十年代延续至当下，空间在偏远落后的豫西山村、豫南平原和喧闹繁华的深圳之间切换，由此形成了一个个人叙事和时代话语彼此映照彼此对话的富有精神张力的文本。

九篇文章，十万字，作者赵静在"自序"中坦诚地交代了每篇文章的诞生理由和内容：带全家去寻父亲的故乡，于是有了《有祖坟的地方，却不是故乡》；想起父辈飘摇的一生，写下《不知所踪的树》；看见千千万万个像父亲一样的漂泊者，从一个地方涌向另一个地方，又像我一样在深圳流浪并寻找希望，写下《浪人》；看见原生家庭对一个人的深远影响，写下《命的门》；看见父亲用一生的颠沛和最后的倔强践行魂归故里的渴望，写下《父亲即将死去》；"迎着头顶的孤星，我带着死去的父亲北上"，写下《追夜》；看见阔别三十余年的同胞兄弟晚年用尽最后一丝力气奔赴相聚，写下《念见》；懵懂女孩儿于外公屋檐下的风雨里跌跌撞撞着成长，写下《来处》；看见一别便是半生的起点终于和梦中时常闪现的惊魂血地合为一体，写下《确山渡》。赵静说，我就这样在回忆里奔跑，在写作中重新活了一次。这些"回忆里的奔跑"和现实世界的写照，共同构成了九篇文章的叙事内容，形式上它们各自成篇又彼此呼应，于是形成了一个如著名作家奈保尔《米格尔街》那样的跨文体文本。它既是散文，是赵静个人经历和经验的纪实书写；它又很"小说"，符合小说逻辑，有矛盾，有冲突，有难以理解的人性，有复杂的现实真实性。当然，无论当散文读还是当小说读并不重要，重要的是文本的丰富性和模糊性确证了这些文字突出的艺术价值。

父亲、叔父、我、小叔、母亲……这是关于一个家族的叙事，叙事的底色或者说动力来自家族的苦难。"我的母亲以'爱情'的名义嫁给了一个流浪艺人，我出生在一个属于别人的村庄，我跟父母过了两年多颠沛流离的生活，居无定所。大约三岁，我从未谋面的外婆去世，我的母亲遵从外公的召唤，带全家回到她的出生地过日子，因为父亲是外乡人，常常招致欺辱和排挤，强大而野蛮的人最爱惹是生非，他们用不堪入耳的言辞辱骂、威胁我，用鞭子、柳条、木棍伤我，甚至逼母亲对我下狠手……每一次，父亲留给我的印象都是，他蹲在墙根儿捂耳抱头却毫无办法的样子。流浪人只为保住户口。我不能发出声音，以免招来下一场毒打和驱逐。"这是作者的交代，也是每篇文章中几乎都要提及或者复述的内容，它们构成了所有叙事的出发点。因为这种苦难，家族成员之间分崩离析，如被风吹走的枯叶落到哪里便是哪里，于是有了不同地方的寻访和归去；因为这种苦难，居无定所、颠沛流离地讨生活，塑造了父亲、叔父等人那种既卑微、隐忍又偏执、暴躁的性情，于是有了父叔、父女、父子之间没完没了的冲突；因为这种苦难，同胞兄弟的相聚在一生中也屈指可数，也只能以风烛残年之身了却愿望，即使叶落归根的死亡也风波四起……这种苦难经历和苦难记忆的描述，既成了全书的叙事结构，也成了全书的叙事内容。

不可否认，苦难作为底色的叙事，让这些文章有了一种悲凉的气息，传递到读者那里，身体上的咬噬感和情感上的共鸣性也会随之发生，感同身受，心生悲悯。但是，如果这些文字仅仅停留于对苦难经历的展示，沉溺于对苦难记忆的回忆当中，甚或如卡夫卡所说的"对苦难的惧怕或将其作为一个功劳来阐述苦难"，那么，我们的灵魂一定不会受到震撼，那么艺术将会远离这些文字。

我们必须思考一个问题，仿佛每一个字都在苦水里浸泡过一般，是什么促成了这些与苦难为伍的文字升华为艺术，以艺术的征服力进入我们的灵魂之地？

我以为大概来自三个方面的因素吧。

一是苦难叙事中闪烁着良善和温情的微光。苦难叙事无疑是压抑和沉闷的，作者赵静从未忘记在这压抑和沉闷中捕捉人物身上的良善和温情，哪怕这良善和温情是丝丝缕缕的微光，也会如闪电一样击碎苦难对生命的压抑和沉闷。父亲是《命的门》中最重要的人物，他被苦难损伤了身体和心灵，他压抑而偏执，成为家族矛盾的发端，但是他身上良善的一面在漫长的郁郁寡欢的生活中也执着地显露出来。比如，父亲五十年未归乡，哪怕归乡的时间再短暂，哪怕父子相处得如仇人一般，也要跋涉着为儿子去求福。比如，父亲非常在乎兄弟的情谊，拖着病弱之躯也要奔波千里见弟弟一面，见面握住手的那一刻，枯皮般的脸上才会漾起活泛的笑。这些都是动人的。赵静写叔父写得很成功，叔父也经历了苦难的大半生，但是他是苦难者中的"艺术家"，他拉一手漂亮的二胡，他画树，"用画笔画出无数种树的姿态来"，他到城市来，会拼命地去寻找上次见到的那棵树，但那棵树不知所踪，他会伤心落泪。

二是苦难作为人生财富激励弱小者成长。苦难叙事上有一种双重力量，要么被它压垮，要么在它的压力中突围出来。《命的门》中最可爱的人物是"我"，是作者赵静，是叔父们口中的静娃儿，她的可爱来自她作为"困难者二代"，有着坚定地走出穷乡僻壤、走出父辈阴影的信念和行为。在短暂的城市流浪之后，她成为一个走出苦难的强者。所谓强者，一是她在城市中能较好地生活下来，二是成为家族的物质依靠和精神依靠。一个细节让我忘不了：父亲突然死在了深圳的出租屋里，她得到消息迅速赶到，看到父亲死在床上的一幕，悲痛让她几乎昏厥过去。她很快恢复了理性，要处理这一切。看到母亲哭嚎得死去活来，她马上安慰母亲，让母亲不要哭出声来，这里是出租屋，还拿围巾捂住母亲的嘴。这一幕，简直让人惊呆，为一个弱女子的内心强大。卡夫卡说，"我们周围的一切苦难我们也得去忍受。我们大家并非共有一个身躯，但却共有一个成长过程，它引导我们经历一切痛楚"，但是"你可以避开这世界的苦难，你完全有这么做的自由，这也符合你的天性，但正是这种回避是你可以避免的唯一的苦难。"忍受苦难与避开苦难，是属于强者的命运，文中的"我"经受了这一命运。沉重的苦难之下，文中有动人的表达："迷茫的人世，奔腾的雨雾里，我努着腰身缓慢、迟疑、不知所措地爬行着，

爬行着，忽然在鼻尖一酸的生涩里，看见一团橘红色的敞亮，继而——母亲，这个没有色彩的称谓正一点儿一点儿从心底溢出，它似乎开始变得绚丽起来。"

再是苦难叙事带来的痛感唤醒了时代背后的缺失。说到底，这个集子里的文字会带给我们一些疼痛感，那种有着丝丝温情和光亮的疼痛感。按照德国哲学家韩炳哲的看法，这是一个追求无痛的时代，是一个回避痛苦和恐惧痛苦的时代，麻醉剂、无痛小手术、沉迷喜剧甚至自杀等行为都是对痛苦的回避和将痛苦视为无意义。韩炳哲援引云格尔的话说："痛苦是能打开人的内心最深处，同时也能打开世界的钥匙之一。当人们临近能够应对痛苦或者战胜痛苦之时，人们就能触碰到其力量源泉，以及其统治背后暗藏的秘密。告诉我你与痛苦的关系，我就会说出你是谁！"如此看来，在苦难叙事中感受疼痛感，能让我们确立自我的存在感，同时也确立一种力量源泉。从哲学的角度来说，我们应该感谢赵静写下了这些带来疼痛感的文字，因为正如海德格尔所说"灵魂从痛苦中获得重量"。

这部书有一点让我们印象深刻，就是它的叙述。它是一种倾吐式的叙述，语言如开闸的洪水一泻千里，带着"我"受委屈般的激情，毫无保留和隐藏地将一切和盘托出，所以在文章中我们可以看到很多排比句和反复修辞的句子，有很强的感染力。这种倾吐式的叙述容易给读者造成滥情和泛情的印象，但赵静把握得不错，她借用很多诸如比喻、类比、象征等文学性的叙述抑制了滥情和泛情的危险。此外，她让叙事在时间和空间之间转换，避免了倾吐式的叙述带来的阅读疲劳感，叙事的流动性让这些文字有了强大的吸引力。

当《命的门》拥有这样强大的叙述感染力和艺术征服力时，我们说这部散文集是出色的，是值得开卷一读的。还是那句话：蘸着生命的泪水而写就的文字，它会通往和唤醒另一个生命。

二〇二四年一月十一日

福州黎明街

目　录
CONTENTS

有祖坟的地方，却不是故乡

有人说，祖籍是你户口本上的籍贯；也有人说，祖籍就是生你养你的故乡；而那里，并非我的出生地，又不是我的养育地，更不曾印在我的户口本上。那么，当我回到那里，我该用什么样的情怀去面对它呢？

一

"爆竹声中一岁除，春风送暖入屠苏"。又一个春节更迭而至，浓重的思乡情也愈加占满游子的心。尤其是年过七旬的父亲，对故乡的渴望与眷恋更是有增无减。用他的话说：不回，不足以开解心结；不回，死不瞑目。

避开春运高峰，守完新居的第一个元日，我们全家便迫不及待地从深圳驱车奔赴河南老家，经过 1600 公里的长途颠簸，历时 19 个小时，回到了父亲阔别多年的故乡。

父亲的故乡，我几乎没有在那里生长过。关于它的记忆，大多来自父亲的口述和十年前的一次初见。

人生中唯一一次和它相见是在二〇〇六年的大年初一，我跟着父亲于清晨从家乡正阳出发，步行、摆渡、换车、翻山、越岭，到天黑时分才在南阳的山峁里见到了传说中的叔父。尴尬的是，不知什么时候随身的盘缠悉数尽飞，父亲和我在叔父面前难掩窘态，顿时黯然神伤起来，满脑子飞旋着石桥处那几双不怀好意的眼睛……它们吞噬了我多年积攒且待还乡的愉悦，使得我们只作了短暂停留便在匆忙中打道回府。

如今十年过去了，对于父亲带着我们又一次踏上他喜恨交加的这片故土，我仍然充满了好奇。

淅川，像马蹄一样踩落在豫、鄂、陕三省交界的大山里，赵家营，像一缕微弱的灯火闪烁在秦岭、大巴山、伏牛山、走马岭、丹江口水库包裹的盆地地心深处，时时散发出诱人的魔香，于隐现交替中铺陈出一道曲曲折折的小路，牵引着我们走向它、靠近它、融入它。

跨过汉江大桥，淅川全景便入了眼帘，掉光了叶子的白杨树拼命向后跑，高低错落的连绵群山连同树木荒草几近枯萎，一派萧条。生在南国之滨的铃问我："是不是都枯死掉了？""才不呢，你不知道真正的春天它们是多么富有生机！啊呀，那是万物复苏！遍地花开！"正说得起劲儿，一株桃花掠过，我一阵激动，以袖掩面不能自已——那桃花和正阳的桃花一样，它摇曳在风中，那么红艳那么耀眼！

二

到达淅川的时候，已是暮色四合。父亲的眼睛开始亮了起来，他指着两山交融的平坦谷地说那是你爷爷开垦的，指着山沟远处亮起灯火的人家说那是你奶奶的娘家，指着斜坡上松柏林后山说那是原来恶霸陈兵的山洞，指着山村后方野草疯长的孤冢说那是你奶奶最后的容身地，指着大坪凤凰岭说你爷爷的尸骨就葬在那儿，近两年才找到的……父亲断断续续地述说着残存在记忆中的只砖片瓦，既激动又亢奋，既欢欣又难过。

在那些艰难的特殊岁月里，祖父、祖母以及三位伯姑均以负辱的姿态告别了人间。强烈的求生欲望促使尚未成年的父亲带着两个弟弟开始在颠沛流离中生活，一直操持到他们成家立业，其时自己已经四十岁……父亲极其伤怀地遥想当年，我不由得睁大好奇的眼睛盯着他的脑门儿发问。他瞬时耷拉下脑袋来，像个小孩子。我赶紧安慰父亲说："如今我们已经过上新的生活，悲剧不会重演。"

三

我原以为会顺利到达父亲的故乡的，却碰上了漫天升腾的大雾遮住了路口遮住了我们的视线。是啊，家乡的天儿冷，会有雾的，我怎么忘了呢？

淅川的大山被浓雾笼罩着，无边的黑暗里，只亮着我们的车灯缓慢地爬爬停停，前窗上的雾气越集越多，似乎永远也擦不完，我们不得不停下来。故乡像遥不可及的仙境，又像无底的深渊。夜，静得可怕，我想到了狼，想起了父亲说小时候家门前时常有狼出没，想起了狼用前爪扑倒小姑，用锋利的牙齿咬住小姑的脖子从灶膛里向外拖的事情——我们沿途找了一家旅馆住下，我带着这些奇思怪想在旅馆度过了极其不安的一晚。

到达目的地的时候，日上三竿了。

堂哥远远地迎上来，皮肤黝黑，头发遮住了眼睛，胡子也按不住地布满了整个下巴，人显得消瘦，像个小老头儿，却是掩不住的笑意在阳光下荡漾开来，我想象不出堂哥才四十岁的年纪，也记不起关于儿时曾见过他的情景。父亲一把拉住堂哥的手，激动地说："真好啊，出门见喜，过年添丁！恭喜你做了爷爷，我也做了太爷啦！"堂哥拉住母亲的手道："二妈第一次回来老家，我太激动了！我高兴啊！"他们满脸的笑容在春风里飘荡着，一圈一圈地润开来——父亲的笑容绽放在他满脸纵横交错的山川里，母亲的笑则盛开在她常年少有笑意的脸庞上。堂哥一只手挽着我的手臂，一只手腾在空气中比画着说："二十多年前我见你时你才这么点儿高，这，这会儿变成大姑娘了！瞧，今儿回来都有人叫你姑奶奶了！"如果说前一句是喜悦着发出来的声音，那么下一句便是感伤了，那感伤似乎夹杂着对人世的怨恨顺带着抛出来的："如今这是什么世道！把人弄得几十年见不上一面！"堂哥的声音有愤恨也有无奈，让人好不心酸。他是在责怪谁呢，世道？人心？抑或是这"天下熙攘，皆为利往"的疆场？

叔父叔母的容貌也不是苍老一词所能详尽的，他们站在日光下，弓着再也直不起来的腰板，像两具虾米似的望向我们，叔父从那浑浊的目光和木然的表情里好不容易挤出一丝笑容迎过来，叔母一副质朴的老实模样，站在祖屋的墙角里绽放了一脸的灿烂。我能想象出两位老人常年独居乡间，子孙们像鸟儿一样飞到外面留给他们无限的空虚感，我时常在电话里听到叔父在乡间挣钱不易的消息，叔父靠着一副好手好嗓熟谙吹拉弹唱，叔母靠着在大山里挖挖种种的药草、粗粮换来日用的饮食及余钱。小病、小痛、农忙，在远离了三个儿子的支撑、庇护之外，都得自己扛起来。这个春节，孩子们放下工作从各处赶回来承欢老人膝下，该是怎样地抚慰了他们苍老的心灵及苍老的生活！

四

父亲的归来，使得一拨又一拨的乡邻凑了上来，有的一愣过后，定了定神，迷离着一双睁不开似的小眼睛道："这是那个谁？是赵二！唉呀，你咋还活着？"一边拍着父亲的肩一边握上了手。有的远远地踉跄着过来说："哎妈呀，他二哥回来了！还以为这辈子瞅不着你了呢！"边说边劲头儿十足地挥着手。有的从斜坡扣着手臂过来仰着脖子就喊：

"我来瞧瞧，么，这老家伙回来了哈，你能活下来都是万幸啦，还有了这么排场的一家人。"来瞧父亲的大多是老人，都是在父亲生命里划下痕迹、记忆里留下印象的人，都是共同经历过磨难而又活下来的人。

叔父不停地往火炉里添加干柴，将原本灰暗的木屋映得通明，熙熙攘攘的一屋子苍老的人们围着火炉，一边伸手取暖一边深情地追忆当年，彼此交流着这些年来各自的人生际遇。而我，待在一旁看着这一幕幕的回忆剧情轮番上演，竟忽然间觉得自己是个局外人。

为了看到更远的风景，我和铃向后山行去，景色还好，绿油油的麦苗已经破土而出，如韭菜一样诱人，金黄色的油菜花遍布山坡在风中摇曳，披着被雾色打磨的外皮，带着久违的清香扑鼻而来，我深深地吸了一口气："山里的空气真好！"铃却道："空气是好，但这种地方要是让我呆上三天差不多得疯掉。"接着又说："你爱看书，如果是你，应该可以待上三个月吧。"我不置可否地摇摇头，又点点头道："也许吧。"身在这样的大山窝深处，只需抬头望一望，便知道自己和待在井底的蛙没什么两样，不过是日夜守着井底的一汪水和头顶上巴掌大的天空过活。

待乡邻散去，父亲差弟弟去买鞭炮和纸钱，他要尽一尽身为儿子对地下父母的一片孝心，弥补多年不归故里对祖上的一份歉意。这使我第一次站在大山的脊背上看清楚了祖父祖母长眠的地方——

祖父安息在山外的凤凰岭菜花地里。雨雾中，在没有坟茔没有墓碑的情况下，叔父带着一脚泥下了菜花地，瞪着眼睛找寻存放祖父的标地，却忽然停在一株颗粒饱满的菜花旁，挠了挠发白的脑勺，望一眼周边静默的群山，半天没有说话。"是不是那儿？"父亲站在地埂上佝偻着背，抹了一把脸上的雨水督促道。叔父看看父亲，又看看脚下，默默地上了地埂。回头的刹那，又迅速将目光锁在了地角的卧石上。紧接着，以石块为参照，以步伐为标尺，小心翼翼地丈量起存放祖父尸骨的标地来。"爷呀，总算找着了！就这儿！这法子是送葬老人凭着记忆得来的。"叔父一拍大腿在卧石之南五步开外的地方收了脚。于是父亲蹒跚着走向"祖父"，跪在泥地里，默然无语地焚起香纸来……祖母的孤冢则横在营寨的后山谷底。没有松柏护墓，也没有石碑标注，枯黄的野草爬满了扁平的坟头，周边没有坟茔相伴，一片凄凉。父亲在祖母的坟前长跪不起，为自己多年来不能给坟头掬一捧新土除一丝杂草而痛心疾首……

香纸漫天，炮声隆隆，也终究替代不了父亲五十年来的日夜记挂，少年逃离与叛别乡土的情怀！祖父在风雨飘摇中抱屈安息于凤凰岭外的脊田坡地，祖母在肋骨断裂下含恨九泉而草草葬于后山洼谷。他们从此山水相隔，两不相望，子女无顾……如今父、叔等三人仍健在，并已四世同堂，达三十余口之众；且当时行凶之人，均未得好报。我抬头望了一眼渺渺青天，心想祖父祖母也该含笑九泉了。

五

回到祖屋，父、叔开始讨论为祖上立碑的"大事"，他们慷慨激昂、豪情万丈地谈论着立碑的枝节叶蔓，当热烈的探讨变成激烈的争论乃至争吵时，我知道弟弟又要"遭殃"了，每当父亲提起立碑的大事，还未成家的弟弟都会被批得体无完肤。于是他们开始追究责任，叔父埋怨父亲不为儿子操心，父亲埋怨母亲不作为，最后，连我也在劫难逃。他们高估了我的能力，我并非如他们眼中的那般强大，也并非有意"为难"他们，因为这不仅需要机缘巧合，还需要志趣相投。我无法像旧社会那样随便找个女孩儿塞到弟弟房中，更做不到如他们口中所言的包办。情急之中，我不得不上前说句"公道话"，却因叔父的一句"你一介女娃，别家的人，没资格说道"而败下阵来。父亲也说"立碑，关键是你弟，和你个女娃子没什么关系，你一辈子不回来那都是小事儿"。哦，是哦，我是女娃，更何况我还是个"单"着的女娃，在这个山寨里，在这些老人跟前，尤其是在立碑建文上，女娃是没有位置的，我怎么能僭越呢。

叔父坐镇木屋中央，带着一脸无辜的笑意传递着当上太爷的威风，一句"看看我这一家17口人啊，你们弄得啥？你们开的车子再好，工作再好，衣着再好，你们没有人……"便让父亲羞愧地低下了头。我可怜的父亲！在经过那么多的风霜雨雪之后，依旧没有学会走自己的路让别人去说！

一阵私语过后，他们起身说要去神坛。山村的人固守本分，守旧、勤俭，也极其信奉神明。几乎家家户户摆放着几尊神像，遇到小灾小难的事问一问供奉在家的神像便可迎刃而解，对于弟弟成家与否或几时成家的"疑难杂症"在家里拜问显然不够虔诚，非要到深山老林里找寻德高道深的大神才好。于是顶着渐渐变大的雨雾，沿着泥泞的山路，经过翻山越岭辗转十八弯的磨难，我们进入大山深处，钻进了浑然天成的崖边神洞里，所谓的神洞是自然形成的，如一间住房般大，"屋顶"是一块棱角分明的巨大石块，有岁月腐蚀过的沧桑感，一尊名为"真武祖师"的神像正襟危坐在堂上。父、叔朝着真武祖师磕下三个响头，并掷阴阳卦象求助，父亲连掷阴卦、阳卦三次后无奈地起身自责反问：神仙不肯帮忙是不是皆因自己的不是呢。叔父支开父亲，口中念念有词再掷三卦，皆为阴阳之上卦。后差父亲供奉香火银钱，又在黑山风口的通天台上燃起了的鞭炮，那隆隆的鞭炮声震耳欲聋、响彻不息。

"结局很完满，这一趟总算没有白跑。"说着，他们便喜笑颜开。我不禁感慨：神明到底是神明，可以解人世万难，可以让人破涕为笑。我不过是一介凡人，做不到遂人愿，也尽不了愚忠孝，只能从事着平凡的工作，做着平凡的事情罢了。

六

待返回村子，四周已经亮起了零星的灯火，甚至响起了几声狗吠，大山虽大，却有浓浓的人烟气息。当饭菜上桌，他们开始用力地划拳、碰杯，庆祝今日求神办事的顺利及来年似乎意料之中的成果来。我端着酒杯，心想，弟弟的事，终究得靠弟弟的努力，希望他能把握好人生的方向，做一回漂亮的自己！

父亲醉了，醉在过去和叔父行走江湖的苦难岁月里。他们搜罗出江湖器具，在微弱的灯光下切磋技艺，吹拉弹唱，各显身法，打破了群山的宁静，打破了小村的安然，引来了左邻右舍的张望、围观与窃谈。

父亲醉了，醉在返乡重见儿时玩伴的恍惚中。他们围着火炉谈得昏天黑地，不时引来几声唏嘘，比如：虎口脱险大难不死的时候，四处流窜遇见贵人的时候，娶妻生子在异乡遭受鄙弃的时候……他们越谈越激动，越谈越动情。

父亲醉了，醉在他朝思暮想的乡土怀抱中。微醉的叔父透露自己的棺木已经备好，百年之后的容身寓所也已经选好。父亲红着眼喃喃道："我的也该准备了，可是我的儿……他不争气，我不知道我的将来……"一声凄凉的悲怆夺口而出，两行纵横的老泪骤然开闸。

…………

山村的夜，黑如炭，静似水。用完最后一顿夜餐，我们宣布必须返回深圳了，就像山里所有的年轻人必须奔赴各大城市谋生一样，我们必须去找寻新的出路，经营更为自由宽阔的人生。借着叔父用电光撕开的夜路，父亲摇摇晃晃地上了车。这一别，山一重水一重，望穿秋水难相逢；这一别，天涯一端海畔一端，相顾无及望珍重。父亲与叔父的告别，像犀利的惊雷刺破长空的宁静，像锥子穿过人心留下影影绰绰的疼痛，又像烟雾一样逐渐远去，不复存在，就像没有人来过一样，故乡还是那个故乡，依然光秃着身子立在山山川川、沟沟崀崀里，不卑不亢地守护着它的山民。

车子发动的那一刻，父亲双手护肩蜷在一角，眼睛死死盯着窗外的黑夜，半晌不语。瞬时，我的心里五味杂陈，并非我不知道的——那故乡似不熄的灯光时刻牵引着父亲的心，早已成为流淌在父亲身体里的血液，成为父亲永远也走不出去的回忆。

滋养、绵延了我血液的祖籍！父亲诞生在这里、成长在这里、几乎将整个童年少年时期抛掷在这里；父亲的双亲耕耘在这里、先祖的坟茔安放在这里、同系的宗亲依附在这里；父亲晚年"狐死首丘叶落归根"的期盼在这里。它是父亲口口声声念着的故乡——似乎也是我的故乡，却又不是我的故乡！它不接纳我的思想，我也无法融入这片古老土地的文化。也罢，这一路跋山涉水雾寒相伴，这一路翻山越岭风雨兼程，我不应空留山间几许愁，任凭惆怅肆意流；该是采得故土几枚春，胜过他乡无数景。

不知所踪的树

一

　　在父亲大半个中国逃难式的生存里，他和叔父总是聚少离多，相聚常常是带着意外、恐慌，猝不及防地闯进生命里，有时是在四川的街头，有时是在新疆的车站，有时是在洛阳的白马寺旁，有时是在西安的古城门外……那些场所大多人群密集、杂乱、喧嚣，异乡人行色匆忙，紧张的气氛笼罩在头顶，慌忙打几声招呼，又立即各自分开。回去是可耻、绝望的。要接受乡邻冷漠、绝情、无休无止的辱骂、审问，甚至动粗。你不能反抗、不能抬头，不能发出任何声音……啊，父亲不想、叔父也不想像祖父、祖母一样丧生在那样屈辱的劫难里，更不愿步三个伯、姑的后尘而去，或因尚未成年，他们得以连夜逃离故土，既无前路好走，也无后路可退，只能在夹缝中求生，活一天，算一天。过一天，赚一天。躲闪、像老鼠一样缩头度日，畏惧、惊慌、无望，如影随形一直持续到他们各自成家、落户在外，持续到半个多世纪的光景洞穿他们的苦难而晦涩的人生。七十多年来，相聚，少得能掰着指头数过来，公开、有计划的相聚更是寥寥。

　　这个暑假，孙子们被接到天津、武汉去，叔父得以暂时脱身、不承担看护留守儿童的责任，他盘算着来深圳一趟，见见我的父亲。三年前同样的时节里，他曾来过一次。那时，他一身地道的农民装扮，扛着长长的蛇皮麻袋，弓着背，倚着影剧院站台旁边的大榕树，手里拿着旧手机，不时地眯缝着眼朝四下里搜索，目光里满是陌生、迷茫和纠结，那是等待带给他的，他不知道亲人多久才能过来接应，又不舍得电话确认。七十多年过去，节俭、内敛、窘迫而小心翼翼，一分钱掰成几瓣儿用，捉襟见肘的生存方式火块般烙进了他的生命。父亲远远就瞅见他，对着我说，看！那是你叔父！我赶上前去，又在他面前迟疑地收住脚、不敢相认。我对叔父的印象是陌生的，只记得小学时，父亲常常让我给他写信，每一次信的开头都是：亲爱的叔叔。但那时，他只是我脑海里的一个幻象，很缥缈，不着边际似的浮沉、游走、时隐时现，很抓心，却看不清、够不着。不，后来也是，他从未给我留下确切的印象。我想起那些信件频传的日子，父亲坐在一旁听我念信，接收着从时空另一端传来的亲人的讯息，他总是会声音哽咽，眼泪涟涟。我也常被父亲浓厚的情感感染、代入，眼睛湿得看不见笔的滑动和白纸上黑色的字迹，俨然我与叔父是一对患难兄弟。父亲见我愣住，先上前握了叔父的手，两双干瘪的老手交叠着哆嗦许久，才提醒道："快呀，这是你叔！"我连忙迎上去生硬地叫了声："叔。""哎妈，这是侄女儿！"叔父一惊，眉开眼笑，上下打量我一番，目光里溢满了欣赏和疼爱，赶紧从蛇皮袋子里摸出一个毛桃递给我说："家乡的，您尝尝。"那笑，从他布满皱纹的脸上挤出来，显得原本干瘦的脸更加枯老。一个"您"字透露着他多年游走江湖的谦卑、恭敬和低姿态，以及被生活打磨出来的老实和韧劲儿。我拍了拍他发黄的白衬衣，说："你靠着树蚂蚁都爬上来了。"他又是一笑，脑袋往后一仰道："不碍的，草木之人嘛！"一副爽朗的幽默相即刻定格在我的脑海。

叔父初次来深圳待了半月，他日日和父亲形影不离、走东串西，且话题总能回到遥远的过去。用餐时，他感慨现在的生活太好，餐餐有肉，当年祖母离世，想喝一碗稀粥也不能够，空着肚子就走了；上街时，他感慨而今的外来工如此自由，没人再管什么"流窜犯"；他常常说着说着眼睛就润湿了……值得一提的是，叔父有一个钟爱，那就是二胡。拉得一手漂亮的二胡，是他在颠沛流离的生活中练就的生存本领，它和他的生命自成一体，互为依托，扎了深根似的粘连一处。无论生活安定多久，他都保持着走哪儿背哪儿的习惯，那二胡旧迹斑斑，早已风烛残年，可他仍旧时常宝贝似的放到胸前摩挲、眯着眼睛拉它，一拉一晌午，就像和一位老朋友谈心、对话、诉说心中的苦闷。叔父不通乐理，在艰难的行走中生存，他有幸遇到一帮戏班，各种乐器入耳，他便尾随其后，用自制的劣质胡琴，胡乱地弄出声响，戏班的人怪他乱了队里的秩序，一次又一次追着他踢、打、恐吓，在炎热的夏日，在冰天雪地的寒冬，他不还手，一种跌打无挫的坚韧凝聚在他的骨节深处，他们一走，他又悄悄地远远地死死跟着。父亲说着，叔父也偶作补充，他硬是在艰苦恶劣的环境里练就一手漂亮、娴熟、如泣如诉、断人肝肠的二胡，直到他顶了戏班里的师傅，带着团队 11 年上山下乡，为人们演出。

在深圳酷热的盛夏，叔父也曾在石岩河边浓密的树荫下拉响二胡。我去叫他和父亲回家吃饭，随身的手机对于他们，常是摆设，几乎不打，也极少接听，两个文盲都固执地遵循着多年的习惯，吃饭需要人叫，有急事也得绕弯儿找到他们当面说，我曾对这种行为颇为痛恨，认为他们愚钝、笨拙、与社会脱节、倚老卖老，浪费了旁人的时间，直到有一天我探来究竟，原来使用高科技的通信设备，需要花费，哪怕是一丝一毫的花费，他们都要冠以生命的质感去把控，站在他们饱经风霜的生活面前，我默然了。我走着，远远就见叔父坐在河边的榕树下，摩挲、调试他的琴弦，俨然一位娴熟的艺人，尽管他早已不靠那个过活。临近晌午，打牌、下棋、刷鞋、缝补衣服的各色人等还悠闲地坐在石墩上纳凉，闭目养神、听曲儿、聊八卦，谁也没有留意身边多了个异乡老者，但叔父一拉响弦，世界都开始变得安静下来，所有人都停了眼下的活计，将目光投向他，身体也不由自主地挪动，直到渐渐形成一个圆圈，把他围在中间。不管他的琴声寂寞凄凉、哀婉悲苦，还是洒脱流畅、悠扬轻快，人们瞪着眼睛，兴奋、赞叹，讶异的表情里裹挟着不解，一个其貌不扬的老农如何能拉出激荡人心的绝响！叔父丝毫不理外围的骚动，他双手不断地抽、拉、抖动着胡弦，沉浸在咯血般凄楚的世界里。啊，他的心头一定是往事翻涌，弹得眼角都湿润了……有人开始丢纸币、硬币，一张张，一枚枚，雪花似的飘落，不一会儿，他的面前花成一片，一抬头，他仿佛受了惊吓，不由分说，起身，收弦，转身就跑，他叨叨着："哎，哎，他们把我当成讨饭的了……"我一边帮他拿着胡琴，一边笑道："人家是觉得你拉得好，欣赏你，才打赏你。"他一鼓眼睛道："那还是把我当成乞讨的了……"

离开深圳的前一日，叔父去来时的站台巡望，他不识字，就回到那棵巨大的榕树下，仰头看树，看树木的旁枝落到地上，生出许多根来，抓牢了大地，疯狂地向上生长，和大树分离又自成一体。叔父不时地用手抚摸从树干的横枝倒挂下来的树根，那根须干净得像在清水里打捞过，褐中泛着黄白终日在风里晃来荡去。这岭南独有的风景树，我十几年前来深圳的时候，也曾讶异过它们的不同寻常，还曾动了用文字记载的心思，却最终干在风里了。可叔父是个爱树的人，不识大字，却能用笔画出无数种树的姿态来，他有一水桶的画笔，长的、短的、扁的、圆头的、鹰嘴的、扇形的，白杨、胡杨、垂柳、枫树、香樟、老槐……不计其数的树种，在他的手中自如生长、万古长青，同样的，这榕树，入了叔父的眼，就像入了他的魂灵，他直直地看，围着它绕圈、探寻，眼神里有鲜活的光和不解的疑问，跳脱、翻滚。他说活了大半辈子，腿脚都入土了，又见到这稀奇、古怪的树种，算是开眼了。他带着激动回到住处，我不曾料到，第二天返程的时候，他竟从怀里掏出了那棵鲜活榕树的画作，宝贝似的，视它为最大的收获，他说不枉来深圳一趟，一定要留作纪念。

二

三年过去，我的工作日渐稳定，业余经营的生意也有了起色，购了车、房，父亲天天念叨着让叔父再来，希望能在有限的时间里多聚聚，趁着还能走动，享些清福。我也因他身上蕴藏着无数珍奇异古的故事而默默期盼他再来一次，啊，他是一位多么风趣的智者，就在他点头弯腰的工夫，那些故事就从口袋里掉出来了，面目清晰且活蹦乱跳地在我苍白而空洞的世界敲击、回荡、游走、扩散。在他的影响下，就连父亲也会间接插入自己许多不为人知的往事！可自叔父说了要来之后，便十日没有动静，恍如一阵夏风吹过，除了一丝凉意瞬间掠过，什么都不曾留下。我焦急地拨打他的电话，不是响了许久无人接听，就是嘟了几声之后就充斥着忙音，我揣测他担心消耗话费，为了打消他的顾虑，便给他的手机充值，一次、一次，但依然没有预见的效果。这些时日，漫长、没有边际的等待充斥着我们的生活，父亲不再一个人去河边遛弯儿，不再去广场看人家跳舞，即便是去市场买菜，也不再和相熟的老乡"打情骂俏"地玩笑了，他的心里装满了叔父，日日堆积，内心郁结，不是担心叔父摊上事儿了，就是认为他病倒了，凡此种种，犹如雪球漫滚，加速了父亲的旧疾寒霜。

　　终于，第十一日，叔父安顿好家里的鸡鸭，切断丝丝缕缕，给身在南国的父亲来了电话，他准备动身了。叔父的家距离深圳一千七百公里，他不搭乘火车和高铁，说是还要转到市区很麻烦，上下车都不是直接从出发地到目的地，而大巴不同，他选择乘长途大巴，是因为它可以从家乡的县城直达他要到的地方，哪怕山高路远水长，多费时日也罢。父亲说好，这样最好，你一到我们就去接你。母亲说父亲整天半死不活地挨着，虽然一辈子漂在外面，又在深圳住了十一年，到底心里总是系着他的兄弟和老家，叔父来了也好，说不定父亲的病可以慢慢好起来，于是我们全家人都老鹤似的伸长了脖子盼他到来。

　　大巴车要经过丹江、长江，洞穿湖北、湖南两省，进入广东境内，由北而南，最终到达我们所在的小镇，当然，现在不叫小镇了，深圳早已全面推进城市化，所有的小镇都已改作街道——叔父当日清晨出发，次日早晨八时许将到石岩，得到这个消息，父亲一下子激动起来，颤巍着双手满屋子来回走动，白日里和街坊邻居又有了说笑，宣扬着他那拉二胡的兄弟又要来了，他的陈年旧疾仿佛一瞬间被这"突如其来"的消息弹掉了。母亲六点就起床准备早点，剁肉馅，用新买的面粉和面、擀皮、包饺子，开启北方独有而隆重的待客传统，以备迎接叔父的到来。日头刚在南国的东方冒出半张脸来，父亲就扯着我到站台去接叔父。等了一个小时，也不见人，我开始拨打叔父的电话，想探清他的具体位置，这举动无疑是泥牛入水，经过上次接触，我太了解叔父了，指望他接电话，简直天方夜谭，我们除了等待奇迹出现，别无它法。父亲踱着步说饺子再放就不筋道了，我说他要再不出现，我上班要迟到了。父亲说再等等，不得已，我向单位申请事假，领导的反应很不平和，意思是请假不提前说，要扣三天工资，扣就扣吧，我思忖着，深圳这地方，谁不是被捆了手脚活着，想自由自在地度日，就别往一线城市里钻。

我不知道叔父抵达的目的地是不是我所属的街道，我开始担心他先前告知的讯息有误。我一边祈祷叔父快快传来消息，一边劝告父亲把心放宽，耐心等待。即便他不来，时针已经指向十点，我们也得弄点食物充当早餐才好。于是我拉着父亲到站台对面的肠粉馆去，这由面糊倒到器模里通过蒸气而成的软馍状早点，是刚来深圳时的我最排斥的，总觉得它绵软无状，使人厌弃，但不知什么时候起，就开始拿它作正点的早餐了。我吃着它笑，笑某些事物，在人最初的印象里能一成不变地保持到终老，而有些事物，却在生命历程的演变中面目全非。我们又到叔父原先来时的站台，仍不见他，快到中午，太阳正洒着毒热，没有遮阴的地方，站台的牌栏都已经发烫，父亲开始气喘吁吁，他有点撑不住了，我提议去汽车站看看，动身去了才发现，偌大的车站里，根本没有当日从淅川抵达而来的客车，我们只好决定回家等。刚一转头，父亲的手机响起，是叔父，他焦急而颤抖的声音传递着：他走错路了，车兜转到松岗车站……我听得见车上的嘈杂，师傅吼着让人们下车，快点下，再不下，就拉到龙岗了。我赶紧回应叔父，叫他就地下车，我这就去接他。挂了电话，我们即刻向松岗车站疾驰而去，我继而想起自己的当年来，也有乘大巴来的时候，说好的放送地点，他们往往在某个高速路口就把你扔下了，车子绝尘而去，留下你一个人在陌生的地方来回徘徊、迷

命的门

茫，甚至有点绝望，那场景，至今让人发怵。我生怕叔父也受同样的遭遇，他一个老人，又不识字，若真遇到突发状况，不知该怎么办才好。

终于到达叔父所说的松岗车站，我和父亲站内、站外打转儿寻找，来来回回、反反复复，仍不见他。父亲一脸苦相，随着他一生都拍打不掉的焦虑频频跌出，最初的喜悦已荡然无存。我也开始急躁起来，褪掉近几年来修炼出的好脾气，我埋怨、蔑视起叔父的半聋不傻来，活了七十多年，却说不清楚自己所在的具体位置，走遍中国都搞不明白深圳的一个坐标，算什么英雄！我不断地拨打他的电话，全心全意地祈祷他能接听，再说一次他的位置，不然偌大的深圳，两千多万人，蚂蚁一样，各自行走，凭我有鹰一样的翅膀和眼睛也难以找出他来。打着遮阳伞，父亲跑前跑后，他大喘粗气，双眼也越发浮肿。我让他到车上歇着，他不是担心我认不出叔父那张脸，就是固执地以为叔父远道而来，他若不能第一时间亲自接见便是莫大的遗憾和失礼。父亲一生为这些礼节所累，时常在乎别人的眼光如何看他，哪怕对方是兄弟，他也从不考虑自身的处境，甚至连家人也跟着承受不少负累，作为女儿，这些年来，我亲眼看着他把自己往内越缩越小，直到缩成一团不足八十斤重的枯瘦的老骨和干瘪的皮肉。你明知这样对他不好，却无力改变什么，只好由着他跑。由着他，最多累累他的身体，若不由他，他思想的执拗将会带来更多的负罪和烦累。

叔父的声音再次从电话里传来的时候，已经是下午三点了。为了确保万一，我让叔父把手机交给身边的保安或巡警，因为只有真切听见这座城市的守卫者所发出的声音，我才能放心地奔向那里。巡警的声音一落，我便发动车子向龙华车站奔去。我无法理解，石岩和龙华的发音差别如此之大，即便不会说普通话的叔父操着满口的河南腔也不能被人引到龙华呀，他是如何去到那里的呢？想到这儿，我忽然心里一紧，担心起叔父的安危来，我必须以最快的速度见到他，在这个陌生的城市里，他不认识任何人，没有任何依靠，他的亲人只有我们，而在我们未到之前，他只能默默地承受一些由于语言不通、道路不熟所带来的困扰，无论眼前的时局如何变迁，他能做的，不联系，便只有等，耐心地等，一直等到牵挂的人出现在面前。

到了站点边沿，我们的目光又开始在偌大的龙华车站广场东搜西寻——我可以想象的叔父的身板，父亲夜夜渴盼的他兄弟的影子。幸运的是，叔父就在站口的树下，我一眼就能作出断定，尽管他背对着我。长长的蛇皮麻袋，仍是三年前我所见的那张，发黄的白衬衣，灰白交杂的头发，半蹲、弓腰的姿势，伸着脑袋朝前张望的茫然，那些印在我记忆里的熟悉，并不因时间的车轮多滚几圈而让人觉得陌生。靠近的时候，父亲径直开了腔："老三啊，是你吗？你咋在这儿！"听到这突如其来的问话，叔父一个激灵，蛇皮麻袋掉在地上，他并不顾及，只缓缓转过身子，将一双浑浊的眼睛盯在父亲脸上，怔了怔，抖动着手握住了父亲，一张皱纸瞬间从他右手脱落，在地上交叠、翻滚、无处栖身。父亲咔咔地咳，叔父的唇上起了干皮，我递上水去，忙劝着："慢点，慢点，别激动，见到了，就好！见到了，就好！"叔父的面容比先前更加枯瘦，从前的精练和灵光去了大半，喝完水，他用呆滞的目光在脚下茫然寻觅，内心强烈的萦系让他神色皴裂，惊慌掠过额前，他张着嘴、抖着唇，似有话说，却最终没有言语。我即刻拾起纸张递给叔父，他颤颤巍巍地接过，捻挪，小心翼翼地摊开——一株熟悉的榕树显现出来，那高大、粗壮、稠密的树干群，遮天蔽日的叶片，从横枝垂下的根须褐中泛着黄白飘在风里的姿态，几乎一瞬间将我的记忆拉到了三年前。叔父指着它说："静娃儿，看，您看，这榕树，是三年前我临走时画下的，就在站台边儿，影院附近的，我清清儿地记得这树，记得它，可是，这次来，我却找不见它了！"那树依然清晰、鲜活着，纸张边沿却明显破损，我不知道叔父将这纸榕树看了多少遍，他一定将它作为抵达亲人的唯一重要标志了。叔父因为未能在这棵树下落车而低下头，一种自责、愧疚、困惑交叠的复杂表情伴随着遗憾的叹气在他的脸上腾挪、扭打、翻转、游离不定。见叔父想要解释又解释不清的为难样子，我连忙拉着他，拿上他的随身物品，招呼着上车，返程。

三

汽车在石龙路上呼啸而过，犹如凯旋的烈马嘶鸣，它骄傲地将长长的尾音嵌进城市的高空，带着主人难掩的喜悦，宣告着回归的胜景。母亲一定等得急了，她不时地打电话询问，从清晨持续到日头将落的傍晚，一边交代原定的早餐已改作晚餐，又一边叮咛着到家附近给个讯息。叔父到底没有忘记那株榕树，一到石岩，就迫不及待地追问它的位置。父亲因为疲累，浮肿着眼睑拦挡着："先吃饭吧，饭后再看。"我不作声，经过叔父的提醒，我清楚地知道，那株榕树早已无迹可寻，不知什么时候，它消失得那么彻底，以至于我的脑海根本没有它离去的印记，一丝也没有。

饭后，叔父不去河边散步，也没有多少话同家人唠，他心系当年榕树所在的站台，想让父亲带他去看看，但父亲病着，心有余而力不足，他半歪在沙发上努了努身子站不起来，而后强调着这个年岁的自己就如烧火的棍子，烧一截儿少一截儿了。叔父只好对着我说："静娃儿，您带我去，咱去那个榕树下面看看可好？我就是想去看看。"我应着，匆匆地带他朝那儿赶。我们穿过几条街巷，从影院广场上方通过，直达叔父心系的站台。我远远指着蓝白相间的站牌告诉他："你瞧，就是那儿！"叔父顺着我的指向，猫着的腰使劲儿挺了挺，又将原本细长的眼睛撑得蚕豆一样饱满，搜索一番道："树呢？"我摊摊手，无奈地告诉他："没了。"我仿佛忽地一下对那棵老树充满了感慨和愧疚，我的确不曾留意到它，尽管我也时常在这个交通要站上车、下车。叔父围着站台左转右转，在当年的树下一遍遍地踱步，脚下的方砖整齐有序地排列着，仿佛那里从未有生命驻扎过，谁会想到它是当年那株老树的根窝呢。叔父摇着头连连说不可能，这个地方不对。叔父还记得树的对面是一座工厂，大榕树的侧边是一排榕树。我笑叔父太执着，并强调工厂所在的位置，早已变成了熙熙攘攘的商业街；消失的榕树林，取而代之的是景观罗汉松，不仅一坑一株，周边还有四季不败的鲜花围绕；就连影院广场也是重新修筑过的……听着我的叙述，叔父喃喃道："怎么能，这怎么能三年就换了一个天地？"他的言语里带着明显的落寞和遗憾，并非单一地质疑这个世界发展的速度，也未必全然不能接受这种日新月异的变化，后来我才知道，叔父曾在这个站台下车，一转眼，他发现当下的环境与记忆中的相差甚远之后，便又返乘大巴向东而去，这就是导致他最终被拉到龙华车站的原因。

　　我们早已不追究叔父的绕行所造成的周折，但他却不肯放下。在和父母的交谈中，他不时地触碰着那个与内心不符的事实。从他的言辞和表情里看得出来，他与树所缔结的深情，以及他内心深处的信奉——树大有灵，是不能砍的。这两种情结，都促使他对树怀有神灵般的敬畏和热爱。他想起二十世纪五十年代，那时的自己在灵宝的庙宇旁，带着新购的理发器，偶遇一队民兵搜查的片段。因为兄弟之约，他曾恪守不干"剃头、修脚、补鞋"的行当，但终是落难了，也不得不打破盟约，择剃头谋生。谁知天黑的间隙，民兵打着"鬼亮"追上来了。叔父一骨碌从高墙脚下爬起，努着全身的气力，往一大片树林里逃，实在逃无可逃的时候，一株空着肚子的老槐树及时出现在拐角，他一个激灵爬进树洞"消失了"，有老树护他安全，任他人如何搜寻，也无可奈何。只是洞内藏身的并非他一个，他说窝在里面的时候，还紧挨着一个肉身，在他进入的刹那，那东西仿佛哼了一声，至于是不是和他一样落难的人，还是其他什么动物，就不得而知了，因为互不干扰，谁也不妨碍谁，天一擦亮，叔父就离开了那里。一个流落异乡的人，避过难关就是万幸，谁还有好奇心将事事搞得清楚呢。叔父红着眼睛强调："那棵老槐起码有五百年了。"我越发把眼睛瞪得圆了……然而，他话锋一转又说，"站台的那棵榕树也有两三百年了吧？"面对叔父的问话，我面露窘色，我无法得知它的树龄，按说它和其他被砍挪的榕树不同，它显得异常庞大，并不占据路道，也不碍事，只是活在转弯拐角的下方，那片空地也足够容它生长，不知怎地，就被人连根弄走了。我揣测着，要么是临街商铺的主人嫌它挡了招牌，集体起了灭它的心，要么是与其它榕树一起被运走、碎掉了吧。叔父终于收起话匣，沉默了，却过了许久又疑惑着："可是，可是人若是离开了树，少了绿化，少了对自然的敬畏，又怎么能活得好呢？"

我不再接叔父的话茬儿，而是引领他去往北环路，又从官田社区转回，告诉他原来北环路中间的绿化带已是在建的地铁工程，官田社区的旧楼也集体消失，而今矗立那里的是一座崭新的楼盘，它的价格已经突破五万一平……叔父张着嘴啊啊地应着，冒出一句："老百姓怎住得起？"他根本不知道市区某些地段的楼市早已突破十万一平，他一定无法想象，在深圳这样飞一般转动的现代都市里，每一条路在每一年里都有不同的姿态，它两旁的树总是被新的树种所替代，中间的绿化带也常常变换；每一个片区在每一年里都会换一副貌颜，落后的农民房总是被重新规划，推倒，重建，改头换面；每一个活在其中的人在每一年里都有不同的变动，他的工作一变，他生活的地点就又换到了别处，他的家庭一变，他的整个处境都跟着翻天覆地的变化。人说，世上的一切只有变化不变，而其他的一切都在变化着。身在这大变的时代和都市里，谁又知道自己的明天会去往何处呢？十几年来，我就这么从坪山、横岗、龙华、沙井、西乡、宝安、石岩、松岗之间穿梭过来了，路过的人物和风景都去了、走了、淡化了，唯一不变的是朝前奔跑。做着这些总结，我却无法和叔父一一对诉，这是两代人身处的两个时代所经历的巨变，它的中间横着一条鸿沟，他无法真正了解自身也处在的我所在的这个时代，就如同我无法深入他的时代作出真切的感受一样。叔父一直伤怀于一株老树的离去，那种忧伤、焦虑、绵延不绝的疑惑困扰着他，无人能解。我不和他交流了，只余下倾听，倾听他和父亲聚到一处时，所触及的每一个话题，他们回忆中的点点滴滴，以及他们认为十分迫切的当下。

明显的苍老镂刻在父亲脸上，在无数次旧疾恶作中，他曾强烈表达过回归的愿景，却也只是愿景罢了。他羡慕叔父晚年的回归，且总是私下里刨问故土的人事、祖宅、山野乃至墓地。父亲一生漂泊在外，儿时的玩伴大多故去，邻里乡亲中已无几人能够叫出他的名字，叔父不分头脚地胡乱数着那寥寥数人，又无奈地说，新一茬儿的人怕是不肯接纳你了。末了又说，自己百年后的山地如何占尽了风水，一会儿道是阴阳先生看过的蛇地，一会儿又道是金蟾栖息的地方，说着说着，便眼仁直往上翻，翻到只剩下白色的眼睑，半天回不过神来，全身都跟着抽搐，仿佛血液骤停，一时供运不上，使他整个人立刻要失去平衡。我们连忙不停地叫唤，父亲说这样可以使他快速清醒过来，果然，他又恢复正常，对刚刚发生的事情毫不知情，回神之后，常常是他问：刚才说到哪儿了？倒也神奇，你给他提个醒，他又能接上话题往下聊了。接着，我们便笑，见我们"笑得开心"，他也哈哈大笑起来，仿佛刚才的一切并未发生。这样的事情，有过好几次，有时是和父亲聊天激动之时，有时是他拉着二胡忽然就停了下来，有时是他和父亲在去市场的路上……我们越发不敢让他独行，时常令他身边有人陪着，唯恐有了闪失。但是这种情况并未维持多久，叔父渐渐地失了容光，一日不如一日欢喜了，在深圳待了大约十日，便生发了要回老家的念想，他总说感觉不对劲儿，得回家了。我心下想：他们一生闯荡，各自爬着绿皮火车四处谋生，垂暮之年仍乘着大巴靠近摇摇晃晃的亲情，小心翼翼地维系着那股血脉相连的情分，算是难能可贵了。为了照拂叔父的念想，又让年迈的父亲得到慰籍，我决定安排他们同归故里。但我依然遵从叔父的方便原则，购了大巴票，将他们送到附近的车站。母亲因为担心父亲的身体，还没交代几句便眼角泛红，殷殷地抽泣起来。但这一程，兄弟同行，父亲却眉开眼笑，那笑意深沉、绵长，折射着无尽的欣慰与欢喜，两位老人相互搀扶着上了大巴，在客车启动之时，他们仍站在窗口朝外探望，不停地挥手。

多少年沧桑世事，时代背负着一次又一次大的变迁使命，呼啦啦地朝前赶，涤荡了多少人是物非、物是人非！看着父亲和叔父饱经沧桑的脸庞，长期弓垂的背脊，枯瘦干瘪的皮囊，摇晃不定的身形，我的心中百感交集。叔父依仗榕树再度而来，跨过千差万别又和父亲相聚一程，这一去，不知还能再见否。而依仗叔父的脸面去回望故土的父亲，那里既无他的容身之所，百年之后也无他的葬身之地。户籍所在地的房屋已然坍塌，村子里那些凡尘俗世交叠的复杂人事又容不下他。在深圳浮萍般漂过的十一年，也终究算不上他最终的归宿。那么，何处才是安放父亲灵魂的地方？

命的门

浪人

一

　　一个老乡压低嗓子透露她所在餐厅的种种不洁之后，我仍旧带着有喜的身体去一家餐饮连锁机构用了午餐。大意、执拗、率性的挑战，让我当晚付出了代价——浑身乏力，呕吐不止，直到吐出胃里最后一粒食物，苦涩的胆汁，就连一滴雨珠般大小都倾巢倒出——先生给我喂葡萄和水，或许它们也知道内里凶险，只一探头，就逃出来了；卧床呻吟，用手顶住腰窝儿处揉捏也不济事。却仍是硬扛着，等。等它自愈。到底，先生不由分说将我送进了医院。一定是食物中毒了，猜测，带着一股不祥的力量向我蔓延，担忧、害怕、恐慌，纷至沓来，我直接瘫软着趴在医生的诊桌儿。良久，我努力支撑自己交代了起因，看诊，抽血，取报告，提心吊胆走完这繁琐的流程，并没发生意外的结果。好在，未伤及胎儿。取孕妇能用的药，吊水，呕吐，住院查看，历经一整个昼夜，我总算能抬起头来。想到后患，我心里倏忽蹦出一个想法：不吃野餐了，以后自己动手。于是，菜场——山尾综合市场，便成了我常常光顾的地方。那里各类鲜蔬瓜果

　　　　　　　　　　　　　　　　命的门

应有尽有，从破晓到黄昏，人潮翻涌，日复一日，似乎永不落幕。它离家不远，下楼，顺着勋业街走，跨过沙江路的红绿灯口，向前不到两百米，往右一拐就到了。

盛夏的午后，阳光热辣，蝉鸣四起。通往菜场的途中，红绿灯口，头戴黄盔修建地铁的工人，蚂蚁似的围成一团，一铲急一铲地刨拱着废墟，往车里扔。尘灰，漫天飞扬。行人，四处躲闪。我路过，也加快步伐往前冲了一段。忽然，一对浪人就那样出现在我的视线里——在勋业街往右拐弯的地方，房檐伸出两米多宽来，一排墙壁刷满了禁毒的宣传图：一个年轻男子的大部分身体进入冒着黑烟的长筒毒炉里，只露出小腿及脚，他的父母双双伸手抓住那脚踝死命地朝外拉……这张壁图的下方，贴着地面，一辆破旧的三轮车像长年长在那里似的一动不动。四周层层叠叠围着乌七八糟的木板、纸板、KT板，毛巾和破旧的小件衣物外挂着，只留出后车门，像一只圆睁的眼，饥渴地打量着路人。一个残疾女人，失了下肢，肥着腰身粘连于三轮车前方的地砖，目光呆滞地对着眼前的空白，半天不动。一个瘦骨嶙峋的老人低头坐在车子后方的地面，不移不动，让人无法断定他是否健全。一只流浪狗吐着血红的舌头迅捷地穿过街巷，在靠近老人的棕榈树下翘起后腿方便，之后，扬长而去。主道上，汽车轰鸣而过，骑电车的紧按喇叭，路人接打电话、扒拉着手机、谈生意、叙述产品的功能、汇报价格、追讨货款、问要去的地方怎么走……各种声音充斥在空气里，混乱、嘈杂、喧嚣，挤拥着、撞推着朝前滚动，没有人停下来看他们一眼。我路过，心里一阵抽抖，生出一丝凉意的悲来。我知道他们就是所谓的浪人，三轮车便是他们移动的房子，它在哪里，他们就在哪里；他们去哪里，它就出现在哪里。说移动，其实高估了，那车胎已然残破，瘪在地上，轮毂的锈迹斯混着岁月，时光推移，它越发陈旧、沧桑、腐朽，现出落魄的相貌来。即便推着走，两三人也要费上一番工夫。我知道，很久了，他们从未挪过窝儿。

　　父亲四十之前，也曾是一位亡命天涯的浪人。为了活命，他逃到很远的地方，以致足迹遍布中国十三个省市。直到母亲出现，以及我紧随其后的到来，才让他有了安定的迹象。尽管我保有两岁以前零星的记忆——记得身为流浪艺人的父亲带着我和母亲四处奔波，他去哪里谋生，我和母亲就被带到哪里；他在谁家安点工作，我们就住在谁家。不知道他经过怎样的努力，在获取村民的集体信任后，我们得到一间房子安身。那房子，其实是一位刚刚死去的五保老人的草屋。很小，小到只够容纳一张床、一口灶台。它离村子远，离有树木的地方也很远。除了门前一口荷塘，余下的便是铺向周际的空旷——辽阔的平原，无声的寂静。父亲外出的夜，荷塘传出的风声鹤唳曾让我和母亲紧紧抱成一团，也曾有不明来历的人溜进小屋掐灭我们的油灯……凛冽的北风还曾穿墙破壁，直刺我们的脊骨，凉，冷，冻，疼。无数个日子，躲无可躲，终于草屋难抵风霜的狂妄，塌在了清晨的雪里……弟弟出生以后，我们的日子过得更为艰难，母亲不得不在外婆去世的当口儿向亲人讨要生活……但显然我对父亲之前的经历毫不知情，即便知道一些，也是道听途说，并不真切。越不知晓，就越是好奇。但我知道，只要父亲不开口，我的好奇和探究终归是荡在水中的月亮，看着触手可及，却永远也不能打捞。每当遇到同样的场景，我就在心里暗暗比较：同为流亡者，他们是不是有着同样的命运和遭际？怀着疑问返程，不知不觉我又晃到浪人夫妻的檐下。女人还保持着那个姿势，眼神呆滞得就连一丝哀怨也没有。老人却歪靠着墙根儿睡意深沉，安静、祥和充斥着他梦中的世界，使他脸上现出轻松的模样来。我路过，瞥见这踏实的安详，倏然欢欣，竟然自顾步履匆忙地往回赶，直到打开家的房门，才发现买好的水果忘了给他们……

　　记得那是一个周末，文友陈末来探我。临近晌午，我们前往菜场。炙热的骄阳烤得树木都耷拉下脑袋，就连知了也停止了聒噪，空气中的热浪，仿佛伸手划一根火柴都能点燃。热，深圳的气候，除了过年凉快点，余下的就是热。我摊手向陈末叙述着。拐弯处，又看见他们。老人正用木条支起铁锅生火，树下聚拢的干柴，不断被送进铁锅下方。菜心见熟，他开始往带有污渍的铁碗里盛。老人高瘦、佝背、裸着上身，干瘪的皮肉紧包着骨头，两鬓汗流不止，背上的汗珠不断向下滚落，两根坚硬的腿骨，病鹤一样支撑着形销瘦骨的身体，促使他晃晃悠悠起身，挪步，停顿下来，将饭菜端给残疾女人，配好竹筷，回头又去侍弄铁锅。女人的眼神空洞、迷茫、毫无光亮，折射着对世界了无念想的绝望。可是，就在她看到吃食的一瞬间，那目光却忽然一闪，落在了饭菜上。路过的巡警停下来，就地扎好坐骑，朝老人张望两眼，摇了头，叹着气离开了。我和末陷在里面，继续向前，谁也没有说一句话，直到拎着满手的菜蔬折回，重新看见他们。这时，女人旁若无人地将饭碗顶在胸口，狼吞虎咽。而老人，在三轮车后方的地面，蹲着，用竹筷挑起地上碗里的菜，吃。里面没有饭粒，只有几条青菜。他进食和吞咽的动作缓慢，迟疑，艰难而颤栗。我知道，他必须思考她不会思考的东西，比如他们的明天……趁他不注意，我顺手放下几个番茄去，还未走出十米，背后就有人轻拍我的肩道："菜掉了。"那是一双饱经风霜的手，枯瘦干裂，伴着含混不清的北方土话，伸过来，夹带着他眼睛里跃动的光和微笑。我撑开袋子，它们被放了进来。当老人退去，一股莫名的酸楚涌上心头，我的眼眶开始阵阵发胀。恍惚之间，我看到了父亲的卑微。也是那样枯瘦干裂的手，那样躬身谦卑的姿态，冲谁都点头微笑，向这个世界所有的人问候、示好，生怕不相干的人无端和他结了仇怨，拦了他生计的路。正想着，陈末忽然发出一句伴着哽咽的感慨：她快把他耗尽了。我抬头，看见末的眼角有泪，又看见她急忙别过头去，恐担心影响了近旁的孕妇，自顾沉默了。我只低头应是，又想着我们诸多相似之处：她的母亲，我的父亲，身份相近，我们的出身相同，原生家庭相似到不可描述，就连遇见事物的回应都如出一辙，如此种种，竟一路无言。

事后，我们谁都未再提及。

但我和家人相聚的时候，却细细描述过一番。父亲鼓着眼睛，断定那对浪人是惨遭不孝孩子的嫌弃而浪迹在外。我反驳着未必见得，又费解于老人强烈的责任感。父亲再次激动起来：若无子女，他们不会抱团结伴、长期共处；若非子女不顾，他们更不致流落街头，宁愿遭受旁人的白眼。试想，一个健康的单身男人，谁会拖着一个完全丧失劳动力的残疾女人四处度日？父亲的话慷慨激昂，我的心里涌起无限悲凉。我暗自揣度父亲缘何如此肯定他们的遭际？又心下揣测他们的不肖子孙该是怎样一类人群，让双亲临老流落在外、无依无靠？但很快又以"久病床前无孝子"替他们开脱了，也有将子女的过错归咎于父母不合人伦家教的时候，继而转念又想，他们整日不挪窝儿地活在这陌生之城的角落，就着市场，拾些菜果充饥，路过的人各自奔波逐梦，谁有时间去叨扰一对浪人呢。相较于农村里飞短流长的压制，闲若无事的欺辱，打趣逗乐的排挤，可谓是不幸中的确幸了。

每当他们的影子浮现脑海，我仿佛看见了父亲行走江湖的艰难，我亲历的，道听途说的，以及从父亲偶尔透露的话语中推测出来的——那些压制、欺辱和排挤浪潮般扑来，几乎一瞬间将我淹没。我从未想到生活何以将人逼到如此田地，即便微弱如蝼蚁，也要拼尽全身的气力寻求存活？这既透露着生命的无奈，又折射着与死亡对抗的坚强，竟是那样让人揪心！再路过，我会放些蔬果在水泥花坛的边沿，有时是一个香瓜，有时是两个苹果，有时是一把青菜，我不说话，放下就走……但好景不长，很快我的怜悯也无处安放了。

二

时间的钟摆日夜旋转，迎来初秋，也迎来了台风肆虐的季节。"山竹"的讯息铺天盖地，一场号称二十年一遇的强台风，不可避免地向深圳袭来。人们惊恐地用胶带在玻璃上贴"米"字，用铁丝固定活动门窗之间的把柄，小心谨慎地将车辆移到地库，尽量躲在家里不外出。我和先生相拥在阳台眺望窗外的狂风暴雨。风嘶鸣，雨斜着下，一浪一浪地在空中旋转、翻滚；楼下的帐篷被撕成片儿状，东飞西飘；花园里的树枝不断向下掉，红砖铺就的小径被绿叶、残枝掩埋；再看医院拐角的大树，头已着地，树根拔地而起，直挺挺地压在一辆白色轿车上……霎时，风裹着水珠扑进两米多宽的阳台来，我们的衣衫即刻湿凉，壁上的花草弱不禁风，

———————————— 命的门

一簇簇地往死里摇摆。先生着急地把紫薇、茉莉、兰草、多肉以及多棵心爱的小生命往厅里搬，跌跌撞撞摆了一地，赶紧顺势关闭落地门窗，不料小小的罅隙竟发出了北国冬日里才有的凛冽寒风的尖锐呜呜声——少时家残壁陋，一到寒冬，西北风便刀剑般钻墙入室，刺得人瑟瑟发抖。很多年没有听到这撕裂人心的响动，我坐在沙发上缩成一团，生怕这台风会闹出掀天的悲剧来。忽然，就想起了那一对浪人。

我以最快的速度起身，换衣，穿鞋，拿家里最大的雨具，寻找库存的塑料雨布，将不锈钢保温瓶注满热水，抓起面包……一股脑儿塞进环保布袋，拔腿出了门去。走到楼下，我才发现地面波动的积水，足以淹没我脚上的运动小白鞋。这鞋是我孕期脚部开始浮肿的时候，先生买给我的，挑过五家商场，试过数十双鞋子，唯它适脚。它是带着使命跟随我的，既承载着护卫新生命的职责，也沾濡着先生对我的祈愿，泡了水就得扔了。我必须回去换掉它。没有什么比凉鞋、拖鞋更适合在雨水里浸泡了。谁知，按开门铃，一幅"着急图"投入眼帘——先生站在客厅转着圈、打电话，我的手机在沙发上吱哇乱叫。我才知道，出门着急，竟忘了和这位先生通个气儿。他懊恼着进出房间的工夫我就不见了。我也并不十分愧疚，只想着尽快下楼，连声道歉也没有。见我愠着脸色换鞋，背上背了一背，他急道："拿了这些玩意儿去哪儿？"我搪塞着不远、就附近，回答并不十分清楚，更是引了先生的怒来。那关心的、担忧的，带着急切要为我分忧的怒一下子攫住了我。一种急，腾地转换成一股暖流激荡起来，从心底升至颅内，使我对自己有了更为清醒的认识。一直以来，我以为自己能做到的，默默去做就好，不要劳烦他人，哪怕付出再多的时间和精力。这些年，一个人我行我素，做自己能做的、想做的任何事情，从来不曾考虑可以与人相商，请人帮忙。来自父亲的教导——坚毅、果敢、刚强的独立，刻进骨骼似的，填满我的生命，并不让我区分一个柔弱女子和男人有什么不同。父亲打小失了怙恃，没了依傍，早早就在人间闯荡。一切靠自己。他将这观念灌输给我，即便婚后，在先生急不可耐要为我分忧的时候，我所表现出来的独立，都带有不可亵渎的倔强和不容他人相帮的绝情。意识到这儿，我坚持的态度开始萎缩。它促使我带着检讨向对方的恳切服软，继而道出要去的地方，要做的事情。

我不曾料到，先生二话不说就带我出了门。

我们踮起裤脚，将伞柄放低，几乎把头缩进伞樯里抵挡疾风骤雨，蹚过花园小径的积水，到了门庭的栅栏处。掏出门禁卡的一瞬间，衣服就湿了。大门处在风口，雨斜着朝人身上砸，风贴着地面往万物里钻。冷，让我立时打了个颤。我下意识地望了一眼，马路对面的树都看不到了，一切皆裹在混沌之中。两米开外，许是井盖儿被雨水掀翻了，咕嘟咕嘟，一个劲儿地往上冒腾。"这怎么走啊？"我面露窘色向着先生，他刚一努嘴，就听见身后传来一个声音："你们这是要去哪儿啊，快回去！"掉头，方知是保安顶着风雨出来的告诫。因为滂沱大雨模糊了保安室的玻璃窗，他没能及时发现我们，这会儿直追赶着让回去。呆立中，我们右侧的前方忽然咔嚓一响，黄槐的半截身子掉下来，砸弯了小区的护栏。先生护着我往边上挪了两步说："不能去了，你看？"的确，环境险恶，我也该适可而止。

隔窗望去，才不过下午四点，天已暗如黑铁。手机里到处是"山竹"带来的创伤事件：有人打着雨伞于翠竹路被风卷在地上滚，有人家里的玻璃破碎了，有人驾车在途中抛锚了，有低洼处的楼房进水了……就在小区群的警示频出的时候，家里突然停电、停水了。猛烈的风雨一直持续到午夜十一点半，我们始终躲在家里，没能出去。是啊，世界一片浊乱。家，是最安全的避风港，没有什么比家更能给人提供庇护了。可老人用旧三轮在旁人的屋檐下支起的临时的"家"，在狂风骤雨的肆虐中能安全吗？他们该如何度过这场庞大的劫难？我悻悻地坐在沙发上长吁短叹。此时，腹中却忽然一动，像一尾小鱼游至浅草岩石处的一个猛然掉头，欢快、活泼、又迅捷，留下一波划过的余痕，荡漾着，合围着映在我的脸面上。我止了叹息，下意识地顺手抚摸那灵巧的动处，侧耳静默，眼神、耳朵和思维几乎同时钻进一个小孔儿似的，屏住呼吸，期待那里再次扑腾出动静来。或许他惯于享受从前的安定，始终温润如玉地卧着，并不迎合我的渴盼，即使一丝一毫的响动也不给予。良久，我向后伸腰，打了一个疲惫的呵欠，唇舌干燥，生了饮水的欲望。却一只手透过灰咖紫相融的黑，拖着杯盖儿与杯子的磕碰声就传到了我面前。我摸索着喝了两口，又靠回原处。先生这才感慨实在太黑了，于是起身去找蜡烛。我瞪着眼前的漆黑，听夜雨的嗒嗒声，想着要给新生命营造一个健全的环境，又祈愿着那一对浪人能躲过眼前的风雨，却后来思绪渐蒙，身子渐重，竟然沉沉地睡去了。

次日初晨，阳光暖柔，世界恢复了往日的宁静。我又走向菜场，只是步履更加匆忙。路上到处是残枝断叶，隔不远就有折断的大树，有的跌在地上，有的枝干劈裂却还连着树皮横在半空。清洁工忙碌地推拉着斗车，穿梭在街巷，不放过任何死角。而禁毒宣传墙的拐角处——积水虐洗而过的地面，竟然空无一物了。红色的方砖干净、整齐，盲人道上的瓦条细长、规律，它们排列着一直通向道路遥远的尽头。三轮车不知去处，铁锅没了，堆在花坛边的木柴连木屑也没了，一切安定、静默，仿佛从未有人在那儿驻扎、生活过。路过的人，淡然自若地来往，奔着各自的前程，谁也不曾留意这里发生的巨大变化。浪人的影子在檐下重重叠叠，我的心里生出急切的疑问，一阵紧过一阵的——他们能去哪

命的门

儿呢？他们该如何用负累的身躯盘弄繁杂的家什？我止了步，到对面的摩托车行、湘赣川菜馆打听。先是售货员冷冷道不知，后是老板淡淡地摇头。尽管问的人漫不经心，似乎只那么顺口一问，便径直走自己的路了，但他们还是诧异地盯着你上上下下，仿佛有话要反问过来，始终没问出口，又转身操忙生意了。是的，我和老人没有关系，不过曾经也是天涯沦落人——时代不容许父亲固守家园，他流浪度过整个少年、青年时期。母亲的乡邻容不下异乡的父亲，我又于成年之后以浪人的身份投奔深圳，为生存而外出，为生活而奔走，短则三五日、长则三五年换一个地方，再难过的坎儿，走着走着就过去了。抬头，是高楼切碎的天；低头，是外来者共砌的城。试想，这座移民之城日日接纳着从四面八方涌来的人群，送走一批，又迎来一批。不同的岗位呈现着同样的面孔，这个工种不合适，又尝试另外的工种；相同的行业涌现着不同的面孔，一个地段的某个招牌被迫倒下，另一处又有人将它竖了起来。在里面辗转往来，踟蹰而行的人哪，谁没有坎坷的时日？谁不是讨生活的浪人呢！

三

国庆节，我和陈末再次相聚。我们聊起了各自的近况，聊起了台风过后的中秋，聊起了那一对浪人夫妻。情至浓时，末当即朗诵了新近创作的诗歌《浪人》：

这样干瘦的清晨／才是我毕生的浪人／白发生出黑发／根根黑白双煞／这样的风雨／才是我毕生的兄弟／城中村套着城中村／村村都是雨雪中的离别和欢颜／这样的流浪者／才是我的流浪者／没有肉／只有皮／还有骨／立在浪人的世界里／眷顾着浪人……

我心里腾起层层巨浪来。我不也正创作着《浪人》吗？不谋而合，他们给了我们同样的心灵悸动和感悟，就连名字都毫无二致地蕴含着酸涩和悲苦的味道，这是莫可名状的巧合吗？我说不清楚，却兀自坦言："可惜那对老人不在了，一场台风改变了他们的生活轨迹。"陈末圆睁着眼睛追问："他们不见了？"点头之后，我听见一声悠长的叹息，接着，伴有遗憾的懊悔从某个狭小的开口跳出来——唉，我们怎么那么傻，都没有想到给人家买点儿东西。陈末茫然而涣散的目光渐渐集聚成一个小点儿，放射到很远的地方，锁定在一片灰白的苍际里。我拍拍她道："我买过，却也只是仅仅几次。"她"哦"了一声，似乎又放松下来。我继而道出心底滋长的疑问和担忧："不知道他们真的转移了，还是没能扛过台风……""不会的！你要相信人有强烈的生存欲望，这一点在灾难来临的时候表现得尤为突出！"陈末的话语透出一股毋庸抗辩的力量。我即刻收回刚刚摊出的手势，对没能认清人类面对磨难时会展现的强大而深感自责，眼

命的门

睛里生出了一丝清亮的微光。

　　我和末相识于一场采风。在贵州万山，我们一起度过四个难忘的日夜。在"中国作家看万山"的开幕式上，她邻我而坐，从黑色包里掏出一粒白色药丸，让我帮忙拿着，而后拧开杯子，从容地咽下，对我道了谢谢，就不言语了。我看看舞台，看看她，心里想着她的药，也没有言语。许久，我们才拿着手里的资料册，按照座位的标注互相确认了名字。当晚用餐，我们的座位又挨在一起，席间的说笑和攀谈将我们的心灵再次拉近，这为晚间两个仅一墙之隔的同质灵魂的彻夜长谈，作了掷地有声的铺垫。万山红酒店，8517房，我们友谊诞生的地方。在那里，一个在深圳有过十三年飘泊史的新疆人，一个在深圳避难十七年或将一生的河南人，她们因为类似事件，心陷囹圄，又突围出来。历经痛楚之后的清醒，促使她们交流、切磋，互相安慰、鼓励、成长；在那里，我洞悉她坦然的笑容背后是经由多少生命中难以承受之重的沧桑叠加而成，她经历过的，我未经历的或许永远也不会触及的股股力量交集而成的浑然之象，突突外溢。那生命中顽强的力又何尝不是被灾难威逼出来的呢？生活可以让一个人失去所有，却夺不走她心之所属、所系。正如她的诗歌一样：没有肉，只有皮，还有骨，立在浪人的世界里，眷顾着浪人……

　　我，在外公屋檐下寄生的幼年时期，要在乡邻、亲属的毒打与欺侮中保持沉默——无事生非的人总能将不如意怪罪在不是产自当地的我的身上，且是不能还手、还口的。有时是旁人介入的暴打，有时是母亲亲自动手，打折了极有韧性的柳条与坚硬的青竹，直至遍体鳞伤，无法站立，以致我现在看见婀娜在风中的垂柳仍心有余悸——才能换来全家的和平，肇事的人一句罢了，围观的人方才余兴未尽地散了去。我的身体不留一处好儿，疼，有时候是钻心的，让我想要报仇；有时候是麻木的，让人生出绝望。事后，全家总是抱成一团，哭。这时，我只看见自己挨打的时候，父亲双手抱头蹲在墙根儿，不敢看我，也不敢辩驳的样子。我能指望什么呢？多少次在我的质问下，他都是弱弱地咬着牙双手捶头道："我没有办法。"十二岁那年，遭到毒打的残局里，我用尽全力最后一次问：我们能不能反抗，哪怕是离开也行？漫无边际的沉默过后，那句"再过几年你嫁个有本事的人就好了"让我日日寝食难安。一个人怎么能将自己的命运寄托在他人身上呢？那一刻，我体会到"天地之大，却无容身之处"的真正含义。正如他们所说，反抗，将失去户口。逃离，也是另一种反抗，失去户口的人又能逃到哪里去呢？只能蜷缩着，过。我到底在屈辱中熬大了。我迎来了生命中尊贵的列车，它将我带到南方，让我在陌生的深圳，通过十年的努力，为自己撕开了一条生的，可以自由活的路。

　　而穷尽一生都在流浪的父亲，我不知道在我之前他经历

命的门

过多少难言的苦楚。当我再度提及浪人事件时，他才透露少许不堪回首的往事。他瘪着嘴扬眉笑言，台风"山竹"不能将他们怎样，那对流浪老人铁定是转移了！百分之百！不像树，越挪越糟糕，人，从来都是挪着活，总有一处儿活得好。他的话声声锤落在我心头，激荡回转。我有什么理由质疑在风雨里流亡了数十年的老父亲呢？一个一路挪着活过来的人，说起他的年代来，每一个事例都让人折服。他说，大雪封山没有一粒谷米的时候，靠着树皮、草根也能过活；在前有关卡，后有追兵的当口，跳进水里也能自保；哪怕在漆黑的夜间，几十号人打着"鬼亮"搜寻，一头钻进荆棘丛中也能藏身……父亲强调着那个由政策、制度所制造出各种"成分"的时代里，人在多重压迫之下都能挣扎着活下来，更何况而今社会增添了许多平和与人性！食物匮乏早已远去，自然灾害的偶然侵袭又能将求生欲望强烈的人们怎样？有心生存的人，无论在多么恶劣的环境中他总能排除万难——生命顽强如野草，你把它们从崖上抛入谷底，有一天，它们也会从石缝瓦砾中探出头来。父亲的话敲打着耳膜，蒲公英白色的果绒在眼前纷飞。风一急，它们就往远处飘，风一缓，它们便就地安家。无论风吹何处，它们总能落地生根，长成一束独立的个体，开出金花，窜出白绒球果。它们就那样悄然不语地遍布了大江南北，生生世世，世世生生。是的，生命顽强如野草，即便跌入谷底，它们也会从石缝瓦砾中探出头来。这句充满希望和力量的话被我锁进生命里，越是在艰难困苦的时刻，我越是不敢将它遗忘。

我捧着这些曲折而富于抵抗、残缺而丰饶的人生，掰看那些曾经鲜活的挣扎，细数那些无法示人、印在生命深处的烙痕时，我依然感受到沸腾的激励和引人向上的牵力，那么熟悉地动荡在骨血中，其间还有一种轰隆的绞痛，仿佛滚烫的钢丝勒紧了脏器，不可控地，让人眼含热泪。我知道，那不仅仅是对无情岁月奉献的贡果，也是从浪人卑微的生命里迸发的一丝至尊无上的呐喊。生命有多少深刻的体验，就有多少深入骨髓的记忆。回避不了的，你永远毋庸试图去回避。因为只一个点的投射，一切都已经摊开——往事与虚妄的联想搅在一起，似山洪下泄，不可收拾。它裹住你，使劲往前拖。拖进来时的路口，拖进浪人生命的过往里，使人深陷其中，无法自拔。直到一只手夹着一片洁白递过来说："唉，快擦擦。"我方如梦初醒，从中抽身出来，接过，用蓄满伤痛记忆却仍然向往美好的眼睛对着陈末道："谢谢。"她拍拍我，许久不语，而后将目光投向窗外。我跟过去，只见窗台的簕杜鹃正姹紫嫣红，迎风摇曳，五只蜜蜂飞飞停停，在其间穿梭、忙碌。

命的门

一

　　在母系氏族散布的泸沽湖畔，旺增拉姆的家里，神堂的右侧，我看见一扇高不足一百厘米，宽不过五十厘米的"生死轮回门"。那门矮小、粗陋，内里狭小、逼仄，却是接纳和承载两万余摩梭人生命和灵魂的地方。经它，孕妇独自生产，带出鲜活的生命；谢世者枯树般仰躺，在神佛的超度中去往轮回。就是在那儿，导游的神秘讲述，老祖母褐红色庄重的脸庞，以及门上那位吴带当风的使者，让众人对生命起着敬畏、诧异和慨叹，恍惚间了悟着什么，我亦听见心脏加速的跳动，嘣咚嘣咚，紧迫，频繁，山重水复的倾轧，周围的一切湮没其中。混乱的心律一直持续到深夜——趴在里格客栈的窗口仰望星空，也不能平息内心的激动，反而涌出更多无常的感受来。于是摸着夜黑，我寻到湖边，见一字排开的猪槽船躺在寂静的风里，便上去，坐到几近天明。在那儿干什么呢？我在那儿和自己对话，思考，审视过往，清扫内心，叩问生命的出入。我在那儿和自己打斗，解除自我捆绑的束缚，释放压抑，我挣扎、探索未知，牙咬着逼

　　　　　　　　　　　　　　　　　　　　——命的门

自己往下活……然而，它决定了今天的生活，我要用文字记下这一切。

多年以来，我从未想过会诞下自己的孩子。纷杂的传言与臆测将我阻隔在千里之外。幼时给牛割草，跌跤，趴在镰刀口上，右手攥起拳头的尾纹剜出一块圆形肉盖儿，幸运的是，肉盖儿没掉（还粘连着一丝皮肉），被我轻轻一压，复位原处，只是，日积月累，结出的疤痂却破坏了尾纹，致使人们在我大龄单身的年纪，拿它说事——破了哪里不好，偏偏破在子嗣纹上；入海或浸泡温泉时，也有人问"那么干净，脱了吗"，问者指指腋下，得到否定，唏嘘一声，撇嘴道："难怪呢？"我立即从鄙夷的眼神意会：拥有干净的腋下多半不能有婚姻、子女；后来，还有人端详我的额头，疑惑着"这么饱满的……真是……这天庭唯男人才配有……你就是太硬气……"那唉唉声里透着的感慨，腾地一下将人心吊在半空，置它于灼热的空气里烘烤，像烟一样虚渺地飘。

凡是说过我的，我不再和他们来往。

看着母亲在生活的泥水里挣扎，父亲越来越偏执，用他狭隘的思想和我吵，她哭，我问："为啥要跟着他？当初就不能把我丢掉吗？"母亲说那时你才一岁……为母不忍，我为包袱，是我的存在，彻底毁灭了她重新选择的希望。十八岁，花一样的年纪啊，她逃跑、流亡，带着我，隔三岔五地搬家，跟中年流浪人，深一脚浅一脚在人世里漂。直到弟弟降临，她被迫带着"软"，拖着家口回到亲人中，受着奚落和牵制，在亲情的夹缝中维持生存。她辱骂、暴打自己的孩子平息乡邻的戾气，低头、忍气、认怂，维护外乡的父亲……一个没有能力操控自己生活的人，是没有资格成为母亲的。她是我可以照见的人生，我坚决不过这样的人生。

很多年，我不敢直视孩子，尤其不能看那清明、无知洁净却邪恶的眼睛——他是带着怨恨来的，他一定是带着会毁了谁的人生而来的。母亲的人生就是因我而变得黯淡无光的。婚姻捆绑自由，孩子捆绑人生。我不跟已婚、已育的人深交，我所交往的都是单身的自由男女。他们告别单身，我黯然退出谊巢，像蜗牛，把触角都收起来，躲在壳里面。

很多年，我逃避、敌视母系的族人和近邻。啊，他们怂恿孩子捣毁我家最为苗壮的谷苗，又伺机潜入稻棚，烧掉全家一年的希望；他们逼迫着借走我们的镰刀、耙子、簸箕，在收获的雨季抢收谷物，任我们的在雨里涨大、霉烂；他们威逼母亲毒打孩子到不省人事，还威胁着：不想住了，明天就滚……那些片段，流淌在血液里，抓都抓不掉。多少年过去，一觉醒来，枕上还是求救的泪。我多么渴望拥有祖父、祖母、叔父、姑母那样的亲人！哗，父亲带我回乡的遭遇又潮水般袭来——六十四岁，他拖着一把老骨，深咳，弓腰站在伏牛山麓的高地，手指凹底的孤村告诫我："看见了吗？那就是我的故乡，我从小在那儿出生，成长，那儿埋着我们世世代代的祖先，现在还住着你叔父，他早年回来了。要记住呀，我们同姓氏，那儿是根。不像你母亲，她是外姓人……"它使我的内心和眼眶一样起着暴痛。然而，临近村口，我们却弄丢了所有的盘缠。当我们两手空空出现在叔父面前，他质疑、阻拦，甚至禁止父亲出门，就是兄弟同道撞见熟人，父亲激动地上前打声招呼，他都要辱骂半天，像辱骂一个三岁的孩子……

很多年，我像浮萍一样飘游，流荡。我忌讳别人打探我的出处和归宿。漂着，也有曾经妄想不到的自由。人，为什么一定要有归宿？曾经，要好的朋友谈起故乡，他笑靥如花，描述他房前屋后的大山怎样在春天披上色彩，他那用木板、昆竹建造的小屋常年充斥着欢笑，他与邻里相互帮衬、和睦相处，他在童年的光阴里和伙伴们一起到奇诡的山洞里收集石子，在溪涧里用小网兜子捉鱼虾……啊，每一个景致都闪光！可他话锋一转，就问起我的故乡。我摇头说不爱时，他眼睛里灌满失望说，一个连故乡都不爱的人，怎么会爱别人呢？接着是一片哑然，他愤而离去，死一般的寂静围困了我……

父亲说，你要争气，要让早逝的祖辈含笑九泉。他沟沟壑壑的面上写满期盼，像大山一样压在我背上。我背着，从中原出发，奔向岭南。我在岭南陌生的都市里日夜奔波，在工厂密集的小镇之间鱼虾一样来回穿梭，过上了和父亲一样的生活，颠沛流离，无处安身。在我谋得一份文职后，父亲开始四处张罗乡邻的孩子找我，应承给他们工作，即便是曾经欺辱过我们的近邻，这是无法拒绝的。在我经营的副业有了起色以后，父亲的话里开始夹杂着私欲，重男轻女、为儿子谋就的私欲。他自顾索取，连本带利，像我的外公曾经对待他和母亲一样，甚至加倍用在我身上。他越来越频繁地唠叨："女大不中留……嫁出去就是别家人了……"我越来越坚定独身主义，决计要为家族撑起一片天空。

父亲说，你到底是女娃儿，要是能和你弟换换多好！他讲民国时期，他远房族亲被灭门之际，妹妹背着自己的满月之女充当哥哥的满月之子奔赴刑场，姑姑救侄子顾全大局的故事；他讲邻居小悯把嫁妆钱给弟弟充当学费，自己却过着卑微生活的故事……他旁敲侧击攻陷我内心的城池，我开始和他针锋相对。他恼怒，谩骂，拖着病体卧倒在床，绝食。一周、十天、半月，数次，救护车，来来回回。我奔波在工作、生意和医院之间，身心俱疲，但是，我不作妥协。父亲敌我不过，开始谩骂他儿子，骂他撑不起光宗耀祖的门楣，不配为人，直到动起手来。我看见他把已入而立之年的儿子打翻在雨地里，弟弟不还手，爬起来，他接着打，用脚踢。父亲频繁地发泄，弟弟总是受气包，有气受着，打了挨着。他越来越沉默，开始闭门不出，茶饭不思，昏睡不

　　　　　　　　　　　　　　　　　　————— 命的门

醒，四肢瘫软如泥，一次又一次，出现生命垂危的迹象。我蝼蚁般穿行在他们之间，心里压着火，却找不到突破的出口，只能任由一股无形的力量愈演愈烈。

二

我怕父亲倒下的呻吟，也怕弟弟断线的风筝一样睡在无人处。我想象过天下最不睦的父子，有多种尴尬无言的局面，却没有一对像他们，冤家路窄，生死相伤。父亲刚出院，就冲他的儿子吼，语言粗粝而残暴，如刀子剜心，句句戳中要害。弟弟又倒下了，脉搏微弱，像一只沉默的惯于受辱的羔羊，瘫卧在命运的囚笼里。父亲常因儿子的沉默气急败坏，大声质问为什么有手有脚的人总是死睡。他永远不清楚，他怒气越大，儿子越消沉，发病的次数越频繁。常常是他质问着质问着弟弟就捂住胸口倒下来。这是我不能忍受的。我夹在中间心力交瘁。我不能说话，无论我怎样说话都会加剧冲突。即便我不说话，他也常常影射我。母亲只知道哭。不管任何时候父亲总能记得拉她垫背。他用安慰的口吻恐吓她：看吧，看你生的好孩子，我还活着就这样不听话，等我死了，你指不定要受怎样的折磨。于是母亲哭得更惨了。他又道：别哭，儿大不由娘，我们走，只要我活着，就不会饿着你，龙头村回不去，我们去找孩子叔，我帮他成了家，养过他们好些年，也会有口饭吃。母亲哭声渐微。这些年，父亲就是这样将她哄得晕头转向，稀里糊涂过日子的吧。

父亲用打小缠身的旧疾向我示威。他整日发脾气，大吼心中的不快，激烈的时候，拍着要炸裂的胸腔，呻吟，深咳，大口吐痰，喘粗气；他不停地唠叨祖上的光景，旧时代难熬的岁月过去了，而今却要掐着秒针等死一般的煎熬。没有儿媳、孙子，没有家，抬不起头，给祖上蒙羞啊；他彻夜不眠，和母亲聊心里永远说不完的操劳、累和苦楚，往往是母亲熬不住睡着了，他就用脚踢，重复问话，等回应。他有一句没一句地唠，从天黑到天亮，又从拂晓的晨光到整座城市都睡了。他眼睛泛红，头发苍白，脸庞浮肿，咳出的痰里混着血块，最后倒下。我只能往医院跑，往诊所跑，直到他身体输入了能量，又站立起来。可是有什么用呢？不过是进入下一轮循环。

弟弟的倒下却查不出病因，所有的医院都是打针，观察，输葡萄糖。出了院，依旧是怪疾寒霜的入侵和腐蚀，荒凉而绝望。母亲天天抱《圣经》祷告，求上帝，也是无用。我只好带弟弟去了康宁，在精神障碍科门外，我看着他走进试题房，一个人坐在电脑前做红黑圆点的测试，听嘀、嘀嘀、嘀嘀嘀的电波频率打勾叉，然后跟医生脚踩棉花似的进了心理咨询室。我听见医生的问话——很多时候，你是不是觉得活着还不如死了好——我立时被崩到两米开外，这是因为医生朝门外瞟了一眼的缘故。不知他是否发现我存

命的门

在，距离使我不能听得清楚。同样，走完流程，拿了药吃，也没有定论。后来我结识一位出色的阴阳先生，并请他代为查看。当他用犀利的眼神紧盯弟弟的眉心一瞅，弟弟方缓缓抬头，那是他倒下七天里的第一次抬头，有了丁点儿精神的气韵。阴阳先生正交待着接下来要喝碗底放有朱砂的水，夜深之后家人要备祭品送他身上不洁的东西到三岔路口，他还要来作法两次，之后，患者本人要请一张符来等等，父亲就气势汹汹地来了。他指着弟弟，跺脚骂，什么鬼鬼神神的，一天到晚死睡，赶紧死了干净！弟弟没有回应。父亲立在客厅拍打桌面，四肢颤抖着倒下去……法事就此终结，我孤独地收拾残局，叫救护车，把他们一个一个拉走。

然而，送进医院就完结了吗？挂号、缴费、排队、守护，哪一样不需要工人呢。工作、生意、昂贵的租金、异地住院报销不了的医疗费，这一切该如何应对？它们齐在眼前翻飞。这么多年，我像一根拧紧的发条旋转着，从不敢想象停下来会怎样。尤其在深圳这样的城市里，作为外来者，谁不是快马加鞭往前赶？我能撒手不管吗？不能。像往常一样，每一次，我都心存幻想，希望是最后一次，可是，可恶的，不可预知的下一次，总是不期而至。

我去香港上突破自我的"探索"课，结了业，也没有转机。心理咨询师说，既不能让父亲蜕变，又不能让弟弟强大，折中的法子只能是，隔离他们——我曾费尽心机，可是，天下之大，处处在为他们的相守相伤做铺垫。朋友来看我，他愤愤着世事诸多不平，又问这些年你就这样过的吗？他语气强硬，严厉，不能平衡地，带着气。我点头，摇头，又垂头。没有语言的慌乱，触动、吞噬着同样受伤、敏感的人。他把车子停在路旁，双手使劲拍打方向盘……我知道他年幼时，父亲嗜赌成性，在一次争吵中把他母亲打残了。他一直对父亲没好感，对婚姻也恐惧，使他在四十好几的年岁里仍单着。继而我想起朋友小 Q 来，一个绝色美女啊，童年里她目睹父亲把她母亲打死了，也是因为赌。她跟着奶奶长大，入了天主教堂做修女，抱定了终身不嫁的决心。比起我，他们的父亲更加粗暴、残忍，使他们遭受着更大的不幸。我知道，在他们面前，我应当藏掖、权衡着，尽可能带给他们令人憧憬的东西。然而，我没能做到。

我终于大病一场，躺到了医院里。满目的白，没有边际的白，输液管里点滴的白，一点点进入我红色的血管，使我心底陡然升起绝望的悲凉。月光打在窗户上，没有温情的惨白晾在栏杆上，像父亲苍老、冰冷而倔强的脸，像弟弟灰扑扑的眼睛，像母亲眉眼深处数十年无助的痛苦凝结而成的泪的河流。家的一切不能想。我开始生出倦意、恨意和悔意。我的从受辱的贫民跃进中产阶层的辛苦和努力，在这样的家庭不能奢望受到肯定，相反，它受到打压和摧残，无休的折腾，一切努力付诸东流，怎能叫人不生出倦意呢？

恨自己没爬对子宫吧，穷有什么好怕？怕的是受着没有思想的蛊惑，没有正当的引导，你拼尽全力，也跳不出宿命的泥潭，越挣扎越深陷。那为何没在少年时代那个黑夜一头扎进村头的鬼塘呢？那么一了百了的，让一切归于平静。可当年的胆小鬼到底退回来了。这一切不能想。它使我一点点生着退缩和颓废的心情。

当我在《自由的夜行》里读到史铁生的感悟："悲剧，是无论任人多么聪明能干，也只能对之说'是'的处境，若指望化悲为喜，乃愚昧之举，那只能算是惨剧"时，我面对它，豆大的泪珠滚落在深夜里，一种撕裂的痛扯着我清醒过来。原来，所有的苦难先人都有试身，所有的经验都凝集着血泪，尝它的人无不是在挫骨抽筋的疼痛中滚爬出来。

三

我联系朋友，选好了出家的地方。那里绿树青墙，山风朗清，艳阳和暖。翘角的屋廊立于高墙之上，遮蔽着外界的侵扰和风霜，护卫着院内的安宁和太平。那是红尘中的净土，最能给厌倦尘世的人一个坚实可靠的归宿。它让我忆起一次去汉中采风的人和事来，当时作家叶平在座谈会上表达他对一个朋友出家的遗憾，友谊的无疾而终让他痛彻心扉，也曾在我心里刻下痕迹。如果说当时我和叶平一样感同身受，现在却完全理解他那位断离红尘的朋友了。人生不是所有的痛都值得说，也不是所有的苦都能表达。何况，这世界少了谁都照样风轻云淡。可最终此事却未能成行。没有去，是因为一个人不早不晚地赶来了。没有去，是因为红尘里还有我可以尝试的眷恋，我看见生命还有另一种可能，一种普通人最平凡的期待。

他是心思缜密、善良体贴的男子。他刻苦用功，勤劳俭朴，用孱弱的双肩扛起三个弟妹的教育责任，直至个个儿大学毕业。他饱读诗书，从容镇定，会用清明、包容的眼睛看人，虽生于南国暖乡，却能对北国刺骨的寒冷感同身受。他为我指点迷津，在每一个艰难的转折处，从哲学到心理学，观点犀利，直击要害，却态度温和、谦恭而严谨。他将我打捞上岸，引我接近最真实的自己。他和我一样，对文字极尽喜爱，有未酬的壮志。我们靠近，参加郊游并分享各自的成长历程，对待事物的看法；我们交流，互相评说各自的文章，推荐心仪的书籍；我们写作，参加各种文学活动，发出自己的声音。我们结婚，在深圳举行婚宴，半数以上文友到贺，他们笑着，对我们的结缘极尽褒赞。我几度哽咽，说不上话来。

生活就这样被颠覆过来，我走上了世人最常走的那条路，或者说，那条有着最多人的路。那又怎样？很多人不也滑下来了吗。即便仍在走着的，又有几人会说那是一条易行的路呢。我深知，凡事需要经营，两人生活，则需要更多的默契、配合、谦让和包容。但是，我绝没有做好要当母亲的准备。常听人说，没做过母亲的女人的人生不完整。我也常在心里反讥，难道做了母亲的就是完整的女人，在过着完整的人生？你的身体不再完整，生活秩序被打乱，时间被撕碎，很多时候必须围着孩子转，然后，你慢慢遗忘了已经坚持多年的梦想，或只能寄希望于孩子。我的抗拒是潜在的。虽然，在意外来临时，也能由恐慌、接纳，到怀着美好的憧憬去孕育新的生命，但当我双脚浮肿到穿不了鞋子时，频繁起夜时，头发满地掉落时，站着却看不到脚尖时……我还是会不自控地感到一阵悲哀。就像炒菜时拍开的蒜子，紧裹在蒜膜里的，饱满而瓷实，有凌厉的香辣；发了芽儿的，松弛而膨胀，已经失去了蒜的味道。是深秋的一天吧，新生命在我的身体里大鱼一样撞了一下，来得突然而暴烈，我下意识地使劲在腹部捏了一把，先生暴跳起来："你干吗！""他踢我。"我嗫嚅道。腾空的右手还在右腹的近旁保持着抓捏的姿势，它僵持着，许久忘记了落下。"那你就要掐死他吗！"先生的喊话尖锐而高亢。我木然，挠头，沉默半晌，噙着泪，说不出话。我是真要掐了他吗，我是怕他毁灭我的生活，如同我毁灭了母亲年轻时的梦想以及她梦想中的生活。我是怕培养不好他，会给他像我一样的痛苦。我是带着沉重的负罪感上路，在原生家庭灰色的基调下生活的。

　　孕期格外漫长，让人抓狂、焦灼且枯燥，尤其是每次产检，提前三天预约，有时还是排不上。在诊室里听到医生说每天只有两百个号，却有两千人在抢的时候，我才没那么不理解这座一线城市的妇幼保健院了。六个月时，我在诊室门外候诊，近旁是一位面色蜡黄的年轻女子，她勾着头，偶尔抬眼看看身边的人，似有心事般又把头沉了。我靠近她，试图和她交流孕育的心得，她抿着嘴道孩子死在里面了，因为服了感冒药。话音落地时，她发出一串长长的叹息，又把头埋在两膝之间。我回身坐正，静默着，不敢再看她，也不知道还能说什么。我靠在椅背上，记忆里溢出儿时村子里的几个孩子——两个斜眼、一个歪嘴、一个瘸腿、一个气蛋（疝气）、一个羊癫疯，他们在全村十六户人家里，占据着不小的比例，都是没有产检的结果吧。想到这儿，我不那么抵触了。八个月产检结束时，一个四十一周的孕者十分镇定地走入诊室，待医生说起一个相同个例，因为超过预产期，来时已无胎心时，她才着急地遵医住院。我借机向医生打听临产的动静，了解到这么几个词：落红、宫缩、破水。

落红、宫缩、破水，这几个词汇不停地出入我的脑海，我甚至知之不解、顺序颠倒着混念它们。四十周到，我必须住院了。火车站似的住院部，房间爆满，大厅和通道都摆满小床，各种姿态的孕妇容纳其间，她们哀号着，仿佛正接受着命运的囚禁和刑罚。先生总算为我谋到一个床位，虽然在大厅的通道里，连幔布也没有。好在我还能正常走动，并不觉得为难。我该化妆就去洗手间的镜子里化妆，该甩大步就甩大步，旁人都啧啧夸赞我的从容。我想，临产不过是瓜熟蒂落的事，没什么大不了。然而，我不屑的那些孕者哭咳惨兮的状态很快轮到我。就在第三天傍晚，腹内的绞痛使我寸步难行了，我头贴床，躬身在地，说不出话，只迎着阵阵疼痛袭来，再过去，好给我十分钟续命的喘息。最难熬的是晚上，所有人都睡了，我在无数次疼痛中清醒过来，摇醒先生诉苦。摇不醒，就只好盯着看大厅中央电子钟的秒数的跳动，一到六十，是那样漫长。这样每隔十分钟就发起一轮的疼痛攻击一直持续了三天，它使我连最基本的生理问题都不能解决。膀胱鼓胀得没有缝隙，唯一的出路犹被一枚巨大的钢珠堵塞，锈死，一滴水也漏不出去。我不能下床走动，不能动弹。于是护士们动用插管，用轮椅推我，她们对我粗暴地检查，将更深的绞痛植入我的体内，我再也没有来时的气度。一个主任医生疑惑着：怎么都六天了还……我又被折腾到检查床上。她动作娴熟，迅捷，也更让人痛苦。十几秒钟，"嘭"的一声闷响，地上摊着大片溪流般澈清的水迹，水迹里散落的是如丝绸棉絮的红，热烈的红，醒目的红，让人畏惧的红。她的阐述精准、专业，层层剥离，直抵本质，如同爆破的水声充满耳朵。我知道，这是新生命即将到来的最后征兆。而之前我所遭受的三天的痛苦，是因为胎儿头位不正、只是任由护士代行医生职责的结果。一时间我顾不上该对谁生怨，只顾眼睛酸胀着，把整个儿感激给了眼前为我做了校正的医者。

终于进入产房，疼痛愈演愈烈，我在床上打着滚儿叫，浑身汗湿，头发凌乱得不成样子。医生不停地进来。检查。终于，他说，可以打无痛了。要不要打？打。再不打就要疯了。我于是又被推进无痛手术室。在那里，疼痛使我站不起来。护士只好把我往实施麻药的高台上拖，手拿粗大针孔注射器的医生也来帮忙，他们累得气喘吁吁。最后使我勉强侧卧到台上，护士按住我，医生拿了冰凉的碘伏擦拭我的脊椎，说别动。我不敢动，只知道哭。腹内的纽结是我宿命的天敌，它绞起的疼痛是看不见的齿轮，在一点点地咬噬我，我的脏器，我的血肉，我的灵魂。我听见医生的安慰，一会儿就好了，坚持一下，很快就不痛了。然后，突然我的脊椎一阵刺痛，紧跟着浑身一阵惊悚的颤栗——这是为了躲避疼痛而人为制造的另一种疼痛。但它很快把我带到一个幻象的世界，那是常人的世界，是我恍若从地狱出逃，刹那间进入的天堂。回到产房，我总算安静下来，可是新生命并未如愿降临，在已经接近生产的迹象里，胎心率忽然开始往下掉，九十、六十、四十……医生说不行了，得马上手术。我拒绝签字。仪表线再次升起来，使我对顺产抱着希望。当仪表线再次下跌，医生又一次叫我签剖腹手术的字。不，你看，你看，又上来了。我指着升起的仪表线给她看。第三次，胎心率已经掉到三十，几乎现出一条平直线。医生从旁告诫，孩子脐带绕颈两周，越往下走，越呼吸困难，心率也就越微弱，你到底是要一个活着的孩子，还是要一个没有呼吸的孩子。我仍然不签字。我不想在腹部留有醒目的刀疤，我要尽可能地保留自己的完整。医生到门外找我先生签字去。她回来的时候格外气愤而莽撞，急急拍打门框和床头的仪表器械，督促着立即手术。一群人围拢过来。

七八个医护身着绿衣，戴着口罩晃在我的眼睛里，我在一阵急促的杂乱中被按在手术台上。医生拿着针扎我的颈上、锁骨和胸口间疼，不管她扎到哪里我都说疼，然后她也不管了，直接叫人拿了绿布把我整个蒙上，只露着两只眼睛，能直面顶上的灯。我的两只手被绑在手术台两边的面板上，不能动弹。我听见刀子从腹部划过的声响，咯吱咯吱，接着医生使劲儿按压、拉扯的声音灌入耳膜，然后是气球泄气时持续的声音。我头顶的两位医护紧盯我的眼睛，一直在数数字，从一到十，又从十到一。我在清醒中进入了浑身绵软无力的状态，虽然身体的各个部位都充满抵抗，但是却哪儿哪儿都动不了。我终于渐渐地失去意识，沉重地闭上了双眼。不知道过了多久，一个婴孩儿三声连续的响亮的啼哭打破了手术室死寂的沉静，医生清着喉咙道：男孩儿，七斤八两，出生时间七点零八分。那一刻，我睁不开眼睛，只任由两行清泪灌入耳朵。曾经我是多么抵触新的生命，然而他还是来了。他赤条条地，什么都没有地来了，只带着他的响亮的凄厉的啼哭。他来到我这里，就像我当年去到父母那里，什么都没有。我又能给他什么呢？护士捧着他让我亲亲。我努力睁开模糊的双眼，倾斜着头，没有看清楚地用嘴唇在他额前胡乱碰了一下。

四

　　我看见先生迎过来，他打开手机为担架上的我和孩子拍照。不，也许他只是拍我。那是从生命线上挣扎回来的我，当时，正百感交集，面上眼泪纵横，凄凄惨惨戚戚，最不修边幅的状态里，有着无力收拾的最不想示人的不堪。我被人抬着，从手术室到电梯。先生在一旁手足无措，很快月嫂跟上来，不停地摸索着弄出声响，从头到尾地检查着一些必需品，缺这少那的，她吩咐着先生去买了。我躺着，隔壁床的帘子里隐约传出一些声音来，是产妇虚弱的哼叫。昨天她还是一位被家人搀扶着痛不欲生的孕妇，在大厅艰难地挪步，发着难以忍受的惨叫，今天凌晨她带着小生命从产房出来，被抬到大厅靠墙的床位，头上包着布巾，就躺在我隔壁，现在我们又成了"邻居"。我听见她的母亲说，你现在孩子也生了，一切都稳定下来，我和你爸最放心不下的就是你弟，他要娶媳妇儿，就得要买车买房，少说也得

　　　　　　　　　　　　　　　　　　命的门

三四十万。你不帮他谁帮？你爸年纪大了挣不到钱，我的身体又不好……她是我的同乡，那是我熟悉的声音，连语调都熟到烂透。隔壁的女人一句话也没有说，她只是躺着，听着，偶尔哼哼地发出一些难受的声响。我的眼泪不经意间溢成满满的两眶，终于盛不住了，就滚落下来。月嫂连忙拿了纸巾为我擦拭，她关心地掀开伤口看看说没有溢血，又告诫我这个时候千万别哭，莫伤了眼睛。隔壁产妇的母亲仍旧絮絮叨叨，叨叨絮絮，仿佛那是她无尽重复的、必须继续的工作。

月嫂把孩子抱到我的近处来。他睡着，浑身散布着瘀青的圆晕。它们一叶一叶嵌在皮下，揉不开，按不消，仿佛大小不一的青荷散落在池水里。老人说，那是他不情愿到来的佐证。他也许早就了然我的心事，对我曾经的并不欢迎抱有成见，便用记号投入我庸俗的眼睛，使我在心里作着反转的检讨，以匹配他完美的到来。他熟睡着，双目紧闭，柔唇默合，面庞娇美，躺在梦幻蓝的摇车里，静若天穹中高挂的繁星，一寸一寸照亮我心里灰色的路途。他稳稳地睡着，呼吸均匀，脉搏平稳，像温顺的兔子在冬日的暖阳里安享岁月的柔情，却忽然嘴角微微上扬，发出一串长长的铜铃似的脆响。他用肆意畅快的笑声引发了整个楼层婴儿的啼哭，使得那些即便在酣睡中也能听到针尖儿落地的婴儿们响起的哭声混合在一起，像夏夜里嘹亮的蛙鸣，此起彼伏，蔚为壮观……

宇宙如此浩瀚，他偏偏选了我。他来了，那么弃前世、从有到无、化整为零地来了；那么赤条干净、柔弱而刚强、义无反顾地来了。他以赤子清纯、未知、全新的能量叩开新世界的大门，探索身处的一切。弱小的个体将日渐长大，他的思想也将从无到有，日趋成熟，以支撑他在人世的行走。期间，他每一步的成长，都需要恰到好处的引领。我庆幸他不像我——生于瓦砾之间而企盼温情，长于危境之中而质疑生命，行于薄冰之上而担忧步履，活于负重之下而忍辱向前。他是自由轻行地带着我的反省、努力和爱奔将过来。几乎刹那间，我瞧见了自己的来处：父亲四处飘泊，母亲躺在一个已故五保老人的茅屋里难产生下我。她当初也曾笃信自己可以照顾好我吧。

我终于鼓起勇气把手机贴在耳朵上。

"喂？静儿吗……你在哪儿啊……你爸他……"母亲的声音颤抖而哽咽，成段状扑扑腾腾砸在我心上。我不记得离开他们多久了，模糊的视线里，是父亲佝偻而摇晃的背影慢慢远去，直到他消失在一扇窄窄的门里。门这边，大风四起，将母亲包裹成小小的一团，我的眼泪像被打湿的雨帘。

"怎么啦？"月嫂靠过来。

"我看见了一扇门……"我终于哭出声音来。

命的门

父亲即将死去

一

　　他在深圳的街巷踟蹰而行，用河南方言打探电梯房的出租信息，失望像铅灌进体内，将他压得不成样子了。他实在太弱，头发斑白，四肢枯瘦，抬脚仿佛坠着石块儿，落地时扯得整个人摇摇晃晃，就连简短的问话也要掺杂喘息，呼哧，呼哧，好像永远不会顺畅，永远没完没了。没有。温和的房东不想揶揄他，有也说没有。他弓腰后退，双手合十，铺展笑脸，作揖似的向人道谢。有，也不租你。刻薄的房东就毫不客气地撂一句难听话。为啥？他一惊，昏黄的老眼写满疑惑，想要得到答案的迫切使他努力别过脑袋，倾身上前，支棱着耳朵去听。超过六十的老人不租，身体有病的老人不租……难不成我会死在你的房子里！他怒火中烧，愤愤不平，却又即刻赔着笑脸退回来，将那股无名之火发泄给家人。每次都是。可他是真租不到电梯房了。这些年，他几乎年年搬家，从北环路到官田路，再从宝石路到上屋路。从房东将整栋房子打牌输掉到被人接手装成宾馆，再从修路到拆迁，从建地铁到旧城改造……他一次又一次搬家，

————————————————— 命的门

楼层从七到五，从四到三，最后变换到二。现在，他的腿迈不动了。于是轮到母亲出面。可是好几次，入住时，房东又强行把他隔离在外。起初母亲跟房东吵，租你的房子，又不是不交钱，为啥不让住？房东斩钉截铁，你住可以，他住不行，都七十多岁的人了还要住我的房子！母亲争执，我们是一家人，年纪再大，也要住房子的，哪条法律规定的不准？说到底，毕竟是人家的房子，母亲没辙，只好拿了退还的押金，又拉着他住回到只能爬楼梯上下的二楼。他越来越气馁，越来越无力，每爬一次楼梯，都要休息几天才能恢复元气。渐渐地，只剩下一句喋喋不休的唠叨响在他嘴里——人老了就该死吗？

他在屋里扶柜子迈碎步移动，摇晃，颤抖，东坐西卧，没有片刻安宁。呼吸在逼仄而曲折的气管罅隙里出入，刺激出一阵又一阵古怪的声音来。那声音，似鼓衰力竭，时断时续；又像猫叼着经文，走哪儿念哪儿。它缠着他，越来越紧地勒住喉咙，使他变得疲惫、羸弱，挣扎得力不从心了。从医院回来，他就把自己困在屋内，白天黑夜都禁止关灯，说关了灯，故去的人就围拢上来，吵闹不息，难以入眠。于是，天光和夜色不在他的关注里，推移的日子也跟着失去意义，两个多月就在成天成夜的灯光里消耗掉了。空气沉闷地在头顶盘旋、重叠、穿梭、游荡，成锅状压下来，盖住他的摇晃和颤抖，即使身体好的人也受不了。我提议出去走走，他不言语，眼睛长出钩子，钩住我，半晌，粗暴的语言在无牙的腔槽里上蹿下跳：死去！当我没有生过你……他伸手直捣我的眼窝，眼睛瞪得大、圆且恐怖，气管里的异物吼啦啦往上翻，眼看到尽头了，咕咚一声又掉下去。终于他捂住胸口，把没有说完的话又咽回肚子里。我知道，是那句——滚，我从来不想指望你。我将新买的拐杖递到他面前，他夺过去，一把摔在地上，嘴里骂着，都想看我的笑话，巴望着我死啊。我转身不再理他。于是他趔趔趄趄扭转身子，用枯瘦的中指骨节使劲儿敲打木头。那木头是柜子、桌子、椅子、门和床，他走哪儿打哪儿，打出老鼠掉进棺材的挣扎声。他咳嗽，吐痰，脖子伸长，嘴巴张得大而夸张，枯瘦的黄脸跟着走了形，双腿像要打起摆子来。别人吃饭的时候，他不吃；别人不吃的时候，他偏要吃。端了东给他，他要西；端了西给他，他又要东。母亲锁眉嚷嚷，你到底要怎样？他说，要蛋花汤，是真要。母亲刚端上来，他便把碗一推，说，一点味儿也没，淡呀呀骚啦啦的啊。再放盐巴，他仍说没味儿。再放佐料，他说像蜡，像糠，像垃圾，你们就这样虐待我……

　　他坐着，把身体弯成弓，双手攥拳轮流捶打胸背，沉闷的声响和绝望的抱怨一同窜出：这壳廊子不行了，疼得刀割一样，如果有鼠药，我宁愿喝下去。继而是"妈呀，妈呀"的哀号顺着呼吸，声声不断地往外冒。他四岁时没了父亲，十岁时又失去母亲，以致后面的人生里没有机会叫爹喊娘，只有在痛苦无法填平的此刻，连续的"妈妈"声才进驻到他的生命里，和着病休通通陪着他。曲霉菌可不听他叫唤，只管成群结队轰隆隆往他肺叶里钻——人家在那儿安营扎寨，繁衍生息，永远不打算离开了。长风寸步不离地守着他，脸上被一群凹凸不平的痘子攻陷了，一头黑发也变得枯黄而毛糙，整个人看上去萎靡不振，尽管常常挨训、遭打，以致数度昏迷，却仍是在近旁小声提醒着，爸，该打针了。这次他不像以往那样呵斥长风了。他扭转头，活动着褐色的瞳仁，把长风上下一番打量，才伸出手背，左右瞅瞅，苦着脸道，看我这手，哪还有点儿手的样子，满是针头扎过的痕迹，血管都脆裂了，老是跑水……他把手缩回去，伸出来，反复几次。又抬头对上门行医的赤脚医生说，妹子，你好好给我治，弄多几支头孢，把药量加重点儿，加重点儿，这一关我就闯过去了，等闯过去，我一定好好谢你。说这话时，他显然不知道医院早前下达的最后通牒——任何药都救不了他了。他双肺烂成蜂窝儿，虽然幸而没有停掉工作，结果却已然逼向崩盘。打针输液，不过是寻求安慰罢了。母亲别过脸，望窗外叹气，呼吸像是被看不见的藤条勒捆着，发颤，一些小杂碎的声音跟着冒出来。此时，他突然抓掉手背连接的针剂药品嚷嚷，哭什么哭，要我死，早着呢。母亲止了声。接着，他低头用拇指按压浮肿的小腿，一个个圆窝儿立时显现，个个儿瞪大眼睛似的瞅他。它们相互瞅着，静默。仿佛故人重逢，不能相认。

他斜靠着，皮下组织被虚浮撑得肿胀，使原本褶皱的皮肤弹开，发着幽暗、昏黄、魔性的光。但是过不了几天，它们就会塌陷下去，把他打回原形：干瘦，枯黄，扭曲，皮包骨头。他勉强抬头，呻吟，摸索手机，打给他失散了六十多年的兄弟，断断续续诉说自己的身子不争气。他兄弟哦哦地回应，其间穿插着一个个谢世者临终的情景和教人各种自行了断的方法，以身试法的主人各种不堪的挣扎和死相……那些人是他儿时的玩伴儿，是他十几岁被迫逃离故土时就装进记忆，一直在骨血和灵魂深处涌动的人；那些方法是鼠药、农药、割腕、跳楼、上吊、投水、撞车，还有绝食……他自行挂了电话，把头歪在一边，脑海有遥远的可望不可即的幻象翩飞。要是兄弟能说两句安慰的体己话该多好，他把脖子往后一仰，眼泪在鸡蛋般大而深陷的眼窝儿里打转儿。长长的叹息，氤氲在他头顶逼仄的空间里。肺部被曲霉菌占着，气管被痰堵着，只留有针孔大的缝隙还让游丝般的气息通过。他忘了，即使口鼻并用，也承载不起那样沉重的叹息了。很快，他的颈便像鸭子吞咽大螺般伸张、无穷尽地往下噎，噎到快断了，他把口张成圆形，仿佛后悔放叹息出来而妄想把它再吞回去似的。接着，他眼睛上翻，闭上，睁开，面目一阵扭曲，嘴巴终于合上，头朝前朝后轻微点着，喉咙里有低沉的哀鸣——总算挺过来了。

他躺着哆嗦、喊冷，鼻孔连着床头的氧气机，四肢像霜打的石块儿。盛夏不能温暖他，被絮和衣物又使他胸闷气短，即便只留一件轻薄的羽绒，他仍是低声喊，重啊，压得喘不过气来。近一个月，他不能进食、行动，就连如厕的功能也丧失了。他摇头过滤一生的所到之处：出生的地方，和兄弟逃难的地方，与妻儿流浪的地方，当上门女婿的地方……又念叨着这里不行，那里也不行。突然，他抬手吩咐母亲，快叫侄子冷风来，叫他送我回去，说不定，我回去病就好了。他说回去，是说回他出生的地方。打十几岁离开故土起，他就想着有朝一日回去。六十多年过去，这想法就在他血液里激荡了六十多年。虽然现在那里，他没有户籍，没有房屋，就连一寸土地也没有，但那里有他的胞弟和侄子。他想着，就忆起从前父母双亡以前，三山六坡都是他家的，长工勤耕农田，短工细做活计，院子里永远欢乐……枪响之后，仅剩的三兄弟流离失所，谁不是一边拥有一边失去呢。再说，这世道轮回，万物于人，无不是暂时拥有，哪有什么是长久的？要说长久，那就只有一样——故土。他觉得他永久属于故土，故土也永久属于他。

二

他头朝里，背对我，假寐。家人都知道，我们决裂之后，他从不屑于说一句指望我的话，我也不再直接称呼他，即便有事，也只是就事说事。母亲缓缓转向我，吩咐着给堂哥冷风致电，不，她的口吻近乎乞求。冷风近年也来深圳了，因为长风的牵线，他在这里成了家。我们也偶有走动。只是，中间好像总有什么东西梗着，并不亲近。挂断电话，我想起和冷风刚来深圳时的那次相聚——父亲流泪抱着他回忆当年。那时候，父亲不打算成家，还以长兄的身份和叔父同住着，照顾他们一家老小。正是缺吃少穿的光景，冷风拿了块半生的芋头给父亲，父亲咬了一口，又丢在地上，因为生。冷风哇哇大哭，捡起地上的芋头捂在怀里说，人家舍不得吃的，二伯就给扔了。当时父亲心疼地抱住了他。许多年过去了，忆及此事，仍是叔侄情深。这是唯一留在我记忆里比较欢愉的一次相聚。

他探身，侧耳倾听门外的动静，不错过一丝一毫的风吹草动。冷风来了，他又伏在床头抽搐起来。一句"二伯受苦了"，更使他红着眼睛将嘴巴瘪成蛤蟆的弧形，直把两端下滑的弧线深深嵌向耳后，抖手应着"孩儿，你可来了啊……"仿佛受了天大的委屈，正等侄子来伸张正义。寒暄过后，冷风拿剃刀为他清理发须，说安慰话，他像个听话的孩子连连点头。长风舍了工作，寸步不离守着他，从未得到如此温和的待遇。即便此刻，他扫眼长风，目光和语言依然冷峻而锐利，看吧，关键时刻还得靠你二哥，一根儿光棍能有什么用。他的话因为喘，断成几截，有滑稽的味道。冷风笑笑，扯长音督促，赶紧成个家吧。长风像往常一样把头压下去，脑袋里有强烈的旋风刺激轮状抽打，仿佛要刺穿头骨的疼痛和眩晕在交替运行，使他瞬间濒临崩溃，只需再加一根稻草的刺激，昏倒的局面又将重现。我把目光越过长风望向他。他睥睨我，我脑海立刻响起那句："滚，我从来不想指望你。"

他拖着不足七十斤重的皮囊上了车，蜷在后座，鼻孔连着后备厢里的吸氧机，闭眼，张嘴，歪斜着，没有节奏地喘息。他的疼痛，是群蚁的咬噬，是千万条针同时插进心肺，是万马奔腾在胸腔踩踏出深沉的蹄印，只能忍受，不能反抗。他的身体，恍若成型的纸浆摊在水上，单薄，易碎，经不起风吹。抵达故土，却要凭借车轮的疾速运转，去丈量一千六百公里的路。长风一上车就歪在副驾上，双目紧闭，头朝后拱，发着低沉、闷响的叹——三十岁的年纪，五十岁的脸，一副青春和斗志全无的颓废样儿，他是多久没有休息了呀。母亲收好包袱，张望里外的事物，凝视着一大一小，将零碎的叹息抖落在地上，灰色的眸子愈加黯淡。我边边角角地打点，给母亲钱，给长风钱，给冷风加油、过路钱，交代租车的情况，买红牛、槟榔、芙蓉王，以及路上的吃食。冷风说除了加油、上厕所，车子会不断线地跑。我嘱咐冷风开车注意安全，他却忽地一个转脸望向窗外反问我，你不回？这一问使我想起许多事来……忽然我就不愿意往下想了。冷风笑笑，一脚踩下油门，汽车绝尘而去。

　　他被疾行的汽车颠簸着，饥饿的胃肠绞成麻花，痛苦的神情在干瘪的面上乱窜。但是，他一滴水也咽不下了。母亲收起水杯，不再作最后的尝试。绝食……荡在耳边。他恍惚明了什么似的，摆手道，罢了。车行时，他用手顶着胸腔说，真痛啊，像火燎，一秒不停。车停时，他呕吐，眼眶注满泪水，连胆汁都倒出来。车子加速时，他嘴巴张大，仿佛永远等着有东西跑进去，填平胃里的褶皱和翻腾。继而他歪斜着，用手遮住面部，喃喃自语，泪水无声，然后是苍老、低沉而破碎的啜泣。母亲轻抚他的背，菩萨念经似的祈祷。一路上，冷风不时地喊，二伯啊，出广东了，到长沙了，过长江了，进襄阳了，在丹江了，已经是淅川境地了，再往前就到了啊。有时他嗯哦一声，有时没有。冷风不停地报站，权当他听见了。

　　汽车在伏牛山的夹缝中奔跑，巨大的岩石的影子投映到车窗，晨光和薄雾打在他脸上，有迷幻的沉醉。这是快到了吧？他挣扎着问，眼中闪着晶亮之物，口唇轻轻翕动，有含混不清的吃语。他不记得多少年没有进入这条荒山小径了，还是在少年时期的黑夜，他不得不背着弟弟踩着这小路走向外面的世界，活出了各自的人生。十二岁到四十岁，二十八年间，他遵母遗愿，践行长兄如父的责任，独身，过颠沛流离的生活，倾其所有，为弟弟撑起生存的天地——大弟在他的张罗下娶妻生子，十余年后回乡定居，儿孙早已满堂；小弟在他的安排下入赘异地，也四世同堂了。而他，辗转大半个中国，无处栖身，又中年娶妻，流荡数年，寄居到岳父的檐下过活儿，晚年跟孩子漂到深圳。这一脚踏出去就是一个甲子，再也回不来了。他紧盯窗外，过滤着六十多年来与故土有过的几次亲近：三十年前，他落魄回乡，缩在兄弟家里不敢出门，为时一周；十三年前，他携子女返乡，以不尽如人意的客者身份，为时一旬；三年前，他抱着狐死首丘的夙愿归来，遗憾离去，为时半月；半年前，他惦记故土，私自回乡，客居月余，返回深圳之后，绝口不提故土人事。如今，妻儿跟随……他突然掐断思绪，使出浑身气力，颤抖着双手摇下车窗，顶了满头白发探出头去，看那弯弯曲曲的小路爬过绵延起伏的群山，又通向渐近的终点，十分艰难地笑了一下。

三

他孱弱的身子像水一样流落到叔父门前的院子里。叔父唤他二哥，问咋成这样了；婶娘笑他掉膘了；村里的老人上来道，啊，回来了啊。他没有立即言语，只摇头涩笑，摆半天手势，从干瘪、塌陷、黑洞般的嘴巴里憋出一句，不中用了……咳嗽，吐痰，口水长流，虚肿着脸，喘息，鼻孔仍旧连着吸氧管。银钱上来喊二哥可算又见着你的时候，他很努力地往躺椅的靠背上抽搭身体，张眼，仔细辨认，到底没认出来，只从喉管混乱的咕噜声里挤出两个字来"朽啦……"继而他凝望银钱的右腿，疑惑。对方挠头微笑，抬跛脚解释：三个月前，在后坡的芝麻地里摔了一跤，就成这样了，我银钱嘛。他点头，吁气儿，微微闭眼，又睁了。卫国矮着个子往前凑，凄迷着单眼看他，说着二哥好好养病的话，眼泪就淌下来。是从右眼流下来的。这么说，是因为其左眼神经早已闭合，蒙着一层白膜，只让人看着那仿佛还是个眼睛，不致太过空洞而受到惊吓，泪是流不出来了。他每次回来，卫国都说感恩话：若不是二哥当年撮合，自己这辈子哪能娶上媳妇儿，虽然后来媳妇儿半夜跑了，自己去追，从坡上跌下深沟，左眼失了明，到底还有个女儿……还有几个老人小声议论他的病情，念叨他的好儿。他生命的余力都让呼吸占了去，只能偶尔哼哼两声，算作回应。乡邻们开始将目光转移到母亲和长风身上，他们问母亲咋恁多年不回来，问长风成家了没，又问静儿怎样了。直到躺椅上传出微弱的哀号，母亲才难堪地叙说他月余不曾如厕的事来。只见赵子从人群中钻出来，道一声"有法儿，有法儿"，便甩开腿子去往北村了。

　　他在院子里晾着，透气。大暑时节的热风，像波浪一样荡过院子，风吹柿叶拍打青柿的声音熟悉地灌入耳朵，一种假象的昏厥将他带进母亲和大哥行将就木的往昔。十岁，他抱着将死的母亲，听她喊饿呀，好想喝一口粥的时候，老柿子树上的乌鸦一声厉叫就把死讯传开。他抱着她摇晃，弟弟们也哭得手中无措。躺在旁边地上的大哥，因长期饥饿，喝盐水续命，全身浮肿，已经不能动弹，半小时后，也永远闭上了双眼。然而此刻，他往内紧缩，渐成一团，双手护臂，喊冷。叔父为他盖了薄被，他仍旧瑟抖。长风拿稀粥喂他，又吐了，是苦涩的黄疸水。母亲端水提醒他，是你天天念叨的家乡水，他才勉强抽动身子，侧头、张口，鸟雀似的衔了几滴。他不记得这是多少天来身体接纳的第一口水食了。它们清冽、甘甜，带着童年的温暖，那是有母亲陪伴的温暖，有嬉戏和打趣的影子在脑海翻腾。他躺着，细品，沉醉其间。几个追随过他的人往事重提，又说起文艺的事来——希望还能听听他的唱腔，再吼一嗓子智取威虎山，再扮一次丑角，再吞一回针……他们提到了某文工团里的女团长，提到他们对戏、提词、唱曲儿……最是惹人喜欢。那些远去的风景又回到眼前，学艺、卖艺、讨生活，跟剧团流动的日子像风一样吹过他的生命，吹进骨血深处，留给他深切的记忆。残阳西下，倦鸟归巢。他回味着，瘪嘴笑，继而喘息似霜成叠，一点点儿蔓延，将他氤氲出颓败的相势来。

他在西屋的边床上被疼痛揪醒，恍惚听见杂乱的声响，窗外黑漆漆的，除了老柿树的影子在晃动，什么也没有。赵子急促的打门声和狂乱的狗吠混合着，被夜风吹打在浓稠的树叶间散掉了，他没有听见。就像当年国民党部队开进院子一样，也是这样的夜晚，人畜都歇了，他读私塾的大哥回来报信，没人当真——静悄悄的夜里，怎么可能有部队来。可是还不到两个时辰，狗子叫起来，部队开过马路的脚响踢踏起来，转眼间，院里院外都是挎枪的士兵。一个受过他母亲恩惠的名叫铜钱的团长率先踹开堂屋门举了枪，他外公来不及解说，就挨枪子儿倒在血泊之中。他裹小脚的母亲背着遗腹子的小弟和铜钱理论，子弹飞在脚下，铜钱让她闭嘴。他和大弟在外公的身上爬来爬去，双手抓血渍糊到脸上，逗得对方咯咯大笑……三岁的孩子不懂生死，快要五岁的孩子怎也不懂？他想起就自责啊。赵子依然在打门，黄狗仍在吠。叔父起身开了门。赵子一个趔趄掉进来，手里攘着药物，口里唤着二哥。一包褐色的药粉，大抵是可以救命的吧。他俯身，探头，紧盯药粉，细数赵子的用心，断断续续，道不尽感谢。赵子把眼一横，二哥说啥谢字儿，咱，是外人？你回来，我高兴！你瞅瞅，咱一茬儿的还剩几个？你、我、老三、银钱、铁桶……曾经欢愉的孩提时光，像阳光一样滋润着并无亲情的两个人。赵子转身离去，门复归位，夜又静了。

　　他在望眼欲穿的等待中迎来了大侄子寒风、小侄子秋风归来的脚步，抬头，起身，力作迎接的姿态，哆嗦，哽咽，字不成句。寒风伏到床头，紧贴他脸念叨：二伯受苦了，竟瘦得像纸片儿一样。秋风嘱咐他好好养病，又让孩子们来叫二爷，寒风的孙子们也跟着叫他太爷。他面带笑意，眼含热泪，连连点头，在病痛的缓和中生着希望，溪水般清澈流动的思绪滑过脑海：大医院不如土方子，大城市不如小山村，置身于如织的光鲜人群不如混迹于山野乡间……老少一起，合家团圆，才是人间该有的景致。又忽然对种种事物生发着怨怒来。他强打精神迸发出对阎王的不满，低声说，要收我，早着呢。又叹息时代大步向前，将人剥得七零八落，八竿子打不到一块去。在咽下寒风喂送的几口面条之后，他受了蛊惑般拔了氧气，下床，挪步，颤颤巍巍，说要出去走走。寒风折来树杖，假意扶他往前移动，渐渐地，悄悄地，只留他一人。他像蹒跚学步的孩子，踉踉跄跄，摇摇晃晃走出好几米远。当身后传来骚动，他才抱住树杖立定了。旁人笑，他也跟着笑得身子乱颤，更是夸口要去山上看看，还说要尽儿子的孝心到后坡去祭祀他沉睡的母亲。叔父翻着眼睛道，球，泥菩萨过河。婶娘也说，折了翅的野鹰子还想往云天里钻哩。

可是到晚上，寒风和秋风就要跟他道别。什么全家在灵宝采摘棉花裹不了腹，全凭二伯走街串巷做油漆画工补贴家用；什么在洛阳阿爸所得不能养家，全凭二伯在剧团求角扮丑讨钱支撑；什么一家人流落河北，全凭二伯在伞厂做师傅的薪水过活儿；什么阿妈在家忙不过女红，娃子们衣不遮体，全凭二伯帮手做鞋、绣花样儿、缝制衣裳；什么在快要饿死的荒年里，全凭二伯流荡人间，一双巧手锻磨、钉锅、倒盆儿、制蜡、造风箱、修家电、孵鸡儿、做香槟、玩狮子与旱船卖笑脸……曾经的过往历历在目，寒风的叙述流利、顺畅，字句里激荡着滚烫的温度。他握寒风的手，含泪颤抖说，你阿爸是我兄弟，兄弟之间都是应该，你小时候我照顾你，现在我老了你来照看我，侄儿侄儿，和儿子一样的。秋风提议该走了，寒风才对他解释，城里接的工程停了，大老板催二老板，二老板催小老板，小老板催我们，签了合同的事，不能再耽搁了。他慌忙断了话题，连连摆手，去吧去吧，工作要紧。一众黑色的背影淡去。他别过头，眼泪扑扑嗒嗒落下来。又是在深夜里，他们离去，像回时一样，其间不过两天。他想起从前，这样的夜晚，鸡，鸟，猫狗瓢虫都睡了，没有人的什么事。现在呢，太阳落下却也挡不住人的脚步……他越发思想，越发胸口堵塞，压抑，有山石般沉重的心事。

四

去凤凰岭为父亲立个石碑吧？他翘头喊。

球，大半辈子，没见过有儿无后的人要做承前启后的轴心。寒风、冷风、秋风，我仨儿子，个个有后，门门人丁兴旺，算来也有十九口人，看看你……叔父的话声声如锤夯在他心上，发着沉重而拙劣的钝响，他瞬时耷拉下脑袋，连叹气都失去最后一丝底气。长风迅速弹退出去，于无人处承受心脏疯狂的跳动，他的头又开始了剧烈的疼痛，他抱着头，双手护住，倚在墙角，巨大的嘭咚声撞击着鼓膜，接连不断，声声不息，仿佛有人用钝器击打，每一次，他都觉得天旋地转；每一次，他都觉得人生走到了尽头。母亲沉默着，一句话也没有说。冷风呵呵地笑，他总是这样简洁清明地笑，仿佛给什么事件做了定性的注脚。寂静的空气里充斥着一种宿命的奇怪因子，纵横交错，环环相扣，形成坚不可摧的牢笼，直罩得年迈老残者更加绝望无助，更加孤寂与凄凉。

　　他装着心事在边床上翻滚，从窗缝里漏进他灰色眼睛里的星子的光亮，使他生着没有边际的烦恼。再过一会儿，黑夜抽去幕布，母亲将启程返回深圳，冷风也要走了。他梗着头，直瞪眼睛死瞅长风，莫名其妙地发着狠，都是因为你，不争气的东西啊。长风像往常一样没有回应。麻团似的乱气在他胸腔打转儿，虚空的鼓胀直捣肺叶，使他全身发着颤抖，急促的喘息洪水般盖过了晚间所有的虫鸣。他双手在衣被间乱抓一通，那些叫氨茶碱、百喘朋的廉价小东西，立刻咕哩隆咚跳出来。他随便翻拣几个，迅速糊到嘴里，蹙眉，张口，把眼睛挤得像黑暗一样——涩苦的药把味蕾破坏掉了。他翻眼扫视屋子，在壁上的黑色塑料袋里摸到几粒花生，刚一嚼，又吐出来——霉子儿混进去了。继而床头地上的各种慰问品闯进了视线，那是邻居们的心意啊，他心头一暖，鼻子一酸，随手拿了牛奶、蛋黄派来。甜是苦的解药呢，他叨叨着，渐渐平静下来。可是，一静下来，他就觉得他吃的东西不是自己的。关上箱口，贼也似的感觉袭上心头，尴尬瞬间席卷了他。

他和兄弟辗转在后坡满山的坟茔间，身体摇晃，脚步迟缓，指东指西地打探着墓主人，不可避免地问到他母亲——埂上那座低矮的孤坟就是。他猫腰眯眼搜寻，终于瞧见了，它横在地埂上，长着绿黄交错的野草，坟上的土离地面不到两尺高，快要落平了。那里空间极其有限，周边再不能辟出一座坟茔的位置来。可他却着魔般围着它转圈、逗留，嘴唇哆嗦，手脚颤抖，仿佛和地下的母亲作着久别重逢的对话，又仿佛能祈愿转出一片空地来。不知过了多久，他双眼模糊，身子朝着兄弟前倾，颤抖的声音终于从喉结深处鼓荡出来——你老之后，要不要和母亲一起？不不不，这地方太小，风水也不算好……我的老地早已看好，是经高人指点选定的金蟾之地……叔父眉飞色舞，絮絮叨叨，沉浸在旁人无法企及的世界里。可是，有哪儿适合我呢？父亲探头反复念叨，东张西望，迈着碎步来来回回，乞怜的声音几乎低到尘埃里，身子也跟着弯出了弓箭的极限。群山深睡，雨雾不语，坡上水流响荡，他看见石子推倒枯草，泥沙俱下，脚下没有一寸干净的地方，胸中聚集的热气也跟着散了，皮包骨的身形像一柄弯棍斜插在泥地里。他努力平衡着自己，眼睛里倏忽闪过一丝微光，还想再问点什么，然而，

命的门

终究闭了口。

窗外的阳光打到眼睛，他下意识地伸手遮挡，从指缝里看见新的一天。起身，饥肠辘辘。"风"他喊。长风天不明就被支到集上去了。"老三"他喊。声音落在空气里，没有回响。他下床，摸索床头的吃食，竟什么也没有了。疼痛如刺刀在脏腑里上上下下，躲无可躲，没有一丝回旋的余地。他双手紧紧抓住胸口深咳，像是要把心脏抓出来。随着一声裂帛之响，血块落在地上。他瞥着，心里做对抗：没什么大不了，二十年前也曾出现过，不是过来了吗？但他的腰却一直往下弯，头几乎触到地面，倒立的口中发着难以忍受的声响。喘息似波涛，一波未平，一波又起。他的脸又浮肿了，眼袋吊在眼睛下，一鼓一鼓的，像青蛙的气囊，鼓出零散而细碎的叹息。药，又被他抓进手里，以惯用的方法迅速吞咽，没有水。妈……妈妈……他急促而虚弱地叫唤着——再去看一眼妈妈，成了他最后的心愿。他勉强支撑自己摇摇晃晃靠近小卖部，购了香、炮、纸钱，拖着沉重的躯体走向后坡。那里天地宽阔，无有嚣杂，确是一方净土繁华。那里四野荒凉，满目肃杀，却有一个人懂他；他跪下去，在母亲孤零零的坟前，点炮，焚香，默然。自此，他长期不语。

他终于又回到深圳来。

在那座他想搬离而最终没能搬离的出租房里，他依然固执而强势地不联系我，直到第二十四天的傍晚时分，长风打来电话，沉痛地说，姐，爸走了……身上已经没有温度，你过来一下吧。电话的空白处是母亲凄凄然不止的哭声……

父亲躺在床上，头歪向一边，口张着，左手伸向靠墙的水杯，这是生命给他最后的定格。我耳边响荡着从前的字句："你是别家的人。""滚，我从来不想指望你……"他怒目、伸手搡着我几个月大的孩子，跳着脚说："他姓黄，他又不姓赵……"这所谓的父女关系，就是沾着这寒意，从和谐到分歧，从争辩到争吵，从敌对到漠视，我们中间终于隔了一条激荡的大河，到了谁也跨不过去的境地。我们彼此经受这煎熬和浩劫，他无力作出改变，我也不曾挽回什么。母亲说父亲回来以后再没有提过要回老家的事，他只是把一切交给了命运，眼睁睁，巴巴等着最后的结局。但我知道，那伴他一生的梦的起点，那数度拒他于门外的神圣高地，那无法割舍的血液陈铺的地方，是他的故乡。

我与叔父几经通谈，最终将他葬到所谓的金蟾之地。我们姐弟披麻戴孝走在送葬队伍的前面，灵幡招招，遗照萧萧，钟鼓与鞭炮齐鸣，在陌生邻居的笑谈中，在漫天飘飞的迷蒙细雨里，棺椁带着父亲迅捷地沉入大地。啊，落土声声，我的眼前跳荡着一群闯荡人间的精灵，那是活在这世上各个时期的父亲的影像，那是他在逃亡中不得不一再更改的姓名：赵富君，赵福军，赵付军……它们最终化作一抔黄土，化作黄土碑石上一个他真正的名字——赵登贵。

追夜

一

父亲于一片混混沌沌中现身，光脚，踩在布满碎玻璃的小路上，不顾左右，默然无声、面无表情地引着我朝前走，不疾不徐，像是要去什么地方，拐角处不停，三岔路口也不停，也不回头看看有什么人跟着他。风急云涌，灰黑交杂的谜团扑过来，我几次三番地跟丢了。时而脚下的硬物硌着他发出脆响，时而漫天的浓雾淡出人影儿，时而玻璃碴子上留下血渍，我循着这些蛛丝马迹往前追喊："爸，你为什么不穿鞋？"我越跑越快，越喊越急，终于头重脚轻，栽倒在浓雾包裹的石头上……

睁开眼睛的时候，月亮挂在窗外，深沉的夜色涂抹着窗户，车轮轧过马路的沙沙声荡进来，隐约有不安分的工地动作着，先生睡得正酣，不满一岁的儿子把薄被踢了，四仰八叉着一只脚搭在我身上，台灯亮着，时间指向凌晨四点，一切各就各位，没有什么云山雾罩的混沌——我落在人间日夜无息的深圳里。

我起身到阳台，点燃一支香烟，望向三十余里外的石岩腹地——父亲离开这个世界的地方。

他是在一个下午走的，没有人知道具体时间，发现时，身体已经泛凉。弟弟大约在五点半通知我。潮声震荡，突突的心跳蛇一样从胸腔爬至耳膜，我下意识压制了它，心下想，他到底走了。在这之前，我多次想象过父亲离世的场景，在医院里输液停止了心跳，在对弟弟永无止境的谩骂中突然倒下，在他数次发起"我去死！"的誓言里毅然决然地离开我们，在他不久前回到故土的二十七天里（随便哪一天）走到生命的尽头……这些灵光一现的臆测，在此刻的现实里灰飞了。

我赶到的时候，父亲嘴巴半张躺在床上，一只手执拗地探伸着，仿佛要抓住什么。母亲头朝墙，发乱身弓哭在地上，身边散落着几个石榴，从她断断续续的哭啼中我听出一点讯息："早起时还说想吃石榴的，谁知买回来，人就这样了呜呜……"我望一眼窗外，赶紧关窗，拉上帘布，又跑到门边把门反锁，再低声劝母亲不哭，不哭啊。谁知她哭声更大了。我从衣柜里胡乱拽出一条围巾，想着能使母亲的哭声降低一些，但是围巾很快从我摊开的手里滑落到地上。这样的时候，还有什么理由不让她发出悲伤的哭泣呢。我转而把目光投向二十四天前陪同父亲从故乡归来的弟弟身上，他正埋头给父亲擦拭身体，换衣物，剃胡须，一步步将他出落成一具体面的尸体。"怎么办啊？你看这……"接近尾声时，他手足无措地站到我对面，抖着肩膀低声问，像犯人似的把头垂在胸前。第一次，我觉得弟弟可怜——父亲的病不仅将他掏得身无分文，那份沉甸甸的倚重更是将他的人生腐蚀得像是一盘马蜂窝。继而母亲中断哭声转头跟着问："是啊，怎么办啊呜呜……"

我停顿着，在脑海搜集父亲最后的归处，决定将他的遗体运回故土。这样想着的时候，我致电给同城的堂哥，又赶紧叫母亲和弟弟收拾一些必要的东西。可是停下来，我又觉得这不是件容易的事。父亲的故乡没有属于他的土地，似乎他在最后一次的回乡中和叔父弄得有点儿不太愉快。我和叔父的零星面见，也不能构成允许父亲埋骨的理由。这边呢，路途漫遥，自南向北，几乎纵跨半个中国，既要注意天气的炎热，又要留心途中的风险；既要悄无声息地离开深圳，又要时时注意掩人耳目。都说天有不测风云，谁知道会发生什么事呢。

堂哥半小时后到达，他看着没有呼吸的父亲，叹气，摇头，陷入了半个世纪的沉默。在这沉默中，父亲生前对堂哥的临终嘱托浮在眼前，也曾换来堂哥的坚定点头。然而就在这沉默中，他妻子打来电话说孩子的手臂摔断了。"我不能陪你们回去了，我没办法做到两边都顾及……"他摊着手，转身抽走沾满我期待的背影。五十一天前，他开车将父亲送回故乡，也曾暗说只是时间问题了，不料这次竟帮不上忙。

父亲的老家，是堂哥的家乡，却谈不上是我和弟弟的。我们没有一天在那儿生长，母亲也没有在那儿生活的经历。我们的日子总是东挪西搬，伴随着颠沛流离，没有固定的住所，那是一个只能算作祖籍的地方。但这些不能成为父亲叶落归根的障碍，不能。我又给先生致电，告诉他我们还是要送父亲最后一程。先生没有迟疑，连连应好，以最快的速度赶过来，家里撇着我们十月大的婴儿和他爷爷。这没有迟疑里，翻卷着他在良善的心底一直压抑着的对我母家的关怀，而在她过去的一直压抑里则掺拌着我刻意筑起的防御的壁垒，记不清有多少次，我婉拒他的相帮，甚至直接打消他的念头。可是会合时，我们又面面相觑——事情并非即来即走，我们根本无法脱身。

房东像一尊佛似的坐在楼道口。别说天亮着，就算夜幕拉下来，也盖不住四散的灯光。自打这里改成公寓，一天到晚人来人往，流水般永无消停。我们能做的，只有等。等天黑。等人少。等房东打盹儿。等一个合适的契机落到头上来。时间一分一秒地滴答，仿佛一切放慢了速度，又仿佛一切刻不容缓，等待变得漫长而煎熬。我暴风雪似的，楼上楼下地跑，望望东，望望西，不断压低声音提醒母亲的哭声小一点儿，再小一点儿。又到楼下去跟房东斡旋，总算找理由支开了他。瞅着缝隙，弟弟顺着楼梯把父亲的遗体背进了租来的车里。

母亲慌乱地锁门，下楼，往车厢里塞物品，上车，坐稳，把自己缩成团，那因过度压抑而未发出的哭声，不时化作间断的声音从喉咙里冒出来，气泡似的，破裂，聚集，又破裂，一点点儿渗透到车里，渲染出悲哀的气氛。空调卖命地旋转，以它最低温度的冷护佑着父亲尸身不腐。这冰冷，把南方连绵不绝的炎热隔离在外面，把杂乱多疑的目光消除在外面，也把不古的人心与聒噪阻挡在外面。没有比它更好的东西了。弟弟端着一罐子硬币坐在副驾驶座位上念叨，这就是爸的引路钱了，没办法，途中我们不能给他鸣炮，不能烧纸钱……他努力地眨眼，声音哽咽，在哭声还没到来之前，滑落裤面的眼泪抢先一步出卖了他的悲伤。

　　暮色，是依仗。漆黑的夜色，能更好地保护夜行的人。迎着头顶的孤星，我带着死去的父亲，北上。车轮急速地运转，苍茫和悲凉被卷入，孤寂与清冷被卷入，沉默和心照不宣被卷入。所有人瑟瑟发抖，是冷，也不是冷。是加一件衣物，再加一件衣物；是母亲拉上父亲的被角怕他冷了又即刻掀开怕他捂坏；是一种见人便要鬼鬼祟祟的躲避；是看见警车，便要慢下来，或是快过去，深深地吸上一口气的紧张与放松。偶尔，我会不由自主地想到我们的土地——那距离父亲故乡八百里之外的土地，不是父亲可以葬身的土地，我成长又远离的土地，它就坐落在舅舅所在的村落周

98　　　　　　　　　　　　　　　　　　　　　　命的门

边，自打我们举家南下深圳，就被表哥租种着。说是租，十几年里没有租金，连个电话也没有。我下意识拨通了表哥的电话，不接。再拨，忙音。再拨，关机。我编辑父亲去世的消息过去，回复亦化作石沉大海、遥遥无期的等待。偶尔，母亲也会对我发出沉闷的敲打："在他最后的时光里，你说你，为什么就不能来看看他、问问他？"我心底陡然涌起那些生分的过往，酸涩而悲凉。我和父亲之间的鸿沟，早已无法逾越，母亲真不该起这样的话题。现在，我只想完成一个女儿对一个父亲最后的一点儿义务：平平安安把他葬回故土。

三十二个小时过后，我终于走完三千三百里路把父亲停放到叔父的院落。

可是没有人记得要给他穿鞋……

他光脚离开这世界，光脚窝在汽车后排，光脚从深圳回到中原老家，光脚躺在叔父院子里停放的冰凉的水晶棺里好几天，直到下葬的前一晚才穿上寿鞋。

就在下葬的那天夜里，也是凌晨四点。屋里灯光昏暗，窗外月光冷凉。朦胧中我仿佛看见他就坐在我儿时那破旧的床头，影影绰绰地弓着腰，一只脚穿蓝色灯芯绒布鞋，一只脚穿军用迷彩帆布鞋，跷着二郎腿，勾着头，给我一个后脑勺儿。我看不见他的脸，只有那鞋子一高一低晃在我眼前。我问："爸，你为什么穿两只不一样的鞋？"他也不响应，转身不见了。清晨，叔父找邻家婶子剪了两双白纸布鞋，轻薄如羽，只是个鞋样子，风一吹就变形的那种，拿在他的坟前烧了。

父亲下葬的第二天夜里，也是凌晨四点。一只油亮的黑猫叼着父亲的皮鞋往前跑，我追在后面，犀利的猫叫将我引进一片烟雾缭绕的竹林里。在那儿，猫声消失殆尽，我找不到来时的路，正不知身处云里雾里，父亲就出现了。他朝向对面挥手让我走，我也是看不清他的脸，刚一抬脚，就蹬了被子醒过来。早上，叔父又找人依照皮鞋的样子剪了一双白纸鞋送到他的坟前烧了。

可是现在，我去哪里弄那种鞋样子？

二

我坐在沙发上等天亮。

我坐着的沙发，父亲曾经歪靠过。大约是过节还是放假了，我带他和母亲一起来家里坐坐。那时候他已经病得不轻，阳台上洗衣机里洗衣液混着消毒水飘出来的味道他有点儿吃不消，我没有理会，还冲他说着，多好闻啊，怎么会受不了。

我看看壁上的画框，也是父亲装裱的。字画是一个书法家老友所赠，我在外面装裱了红色的框。等家里一切装饰妥当才发现它应该搭配白色、至少是米色框。那是父亲第一次来看我的新家，他曾经对我置办家业大为光火，跳叫着女娃子家家的不应该，但他还是咳嗽着拾起几十年未动的画刷沾着颜料，一点儿一点儿把框上的红色变成了白色。

我又抬头看灯，那四方的可以发出冷暖交织光亮的灯。里面的灯带坏了，不能变色，只一个色也时静时闪的时候，我踩了梯子把它折下来，左右敲敲不起作用，剪了接，接了又剪也不济事。父亲见了，用螺丝刀、电起子挽挽撬撬，一会儿就好了。他又踩着梯子一步一步上去把它装回最初的模样，再颤颤巍巍地下来，已经是七十多岁了。

现在想起来，自己真混蛋。

不过我很快就清醒过来，这想法也就是这一时对我起点儿作用，很快我就会把它抛到脑后。就像叔父对待父亲为数不多的几次回归，每次初见，还能客气对他，随着时日增长，冷淡也跟着疯长起来。当我执意把父亲的遗体千里迢迢停送在他院子的时候，他还是跪着哭了一场，起来对着我说："静娃儿呀，你爸是个可怜人哪！"我望着他哭红的眼睛，跟他谈父亲的墓地，之前一直没有答复的——现在，要什么样的地方都行。北坡，东坡，核桃林，芝麻滩，乃至经高人指点的金蟾地……第二天叔父带我一一看过来，落了定。可是，过了那一刻他就清醒了。

下葬的头一天傍晚，叔父就反悔了。他和儿子们把请来的阴阳先生围在中间，私语着什么，避着我。很快我就知道他们把父亲的安葬地点换到了后坡的流水地里。那是一块长年积水的地段，野草荒芜到膝，稀稀拉拉站着几棵歪树，有两三个晚辈的小丘穿插在里面，每逢下雨便流水汤汤，无法立足，更是父亲几次回乡都努力回避的去处。我从外面回来的时候，只见人们急轰轰散了，他们正准备到另选的墓地去定罗盘。阴阳先生夹着罗盘，端着斗谷走在最前头，众人一团团跟在后面，我把汽车扔在叔父院子的出口，来不及熄火地追上他，连拉带拽地往叔父答应过的地方跑。我气喘吁吁带哭腔解释墓地的落定，阴阳先生忽然揉着红了的眼睛，"昂"的一声哭着说："亲妹子呀，你爸不容易啊！"我这才知道，上上一代，我们的祖父是兄弟。我接过斗谷，搀扶着这位年过花甲的哥哥去原定的父亲的墓地下罗盘。

我们一到，叔父就到了。村民也跟着围上来。

借着夕阳的最后一抹余晖，罗盘朝向西方拉直线定下去，铁锹挖出第一锹土，木桩结实地打进了土地。他的大儿子立在半山坡里问："怎么会是这里？""他之前带人家看的地方就是这里嘛。"未等我开口，他的小儿子抢先答了。叔父木着脸，目光呆滞地盯着地面，像是在回避什么，表情和那天截然相反。他是因为面子沉默吧，或许是因为失去兄弟而沉默，也或许两者兼有。可是再一想，我又觉得还是面子占了上风：在送兄弟最后一程的路上，他不能让别人笑话。

我就没有做到这一点。

命的门

中秋节晚上，圆月高悬在头顶，泼洒下清冷的光辉。大家跪在父亲的棺下哭泣。还有一些我不认识的人。一个同族的嫂子拉着我说："妹子妹子快跪下来哭哩。"我咧了咧嘴，没有眼泪，也没有什么要紧话说。因为膝盖不肯打弯儿，我勉强跪了一会儿，就转身去忙别的了。我站在堂屋口跟叔父、堂哥交待宴请村邻不收礼以及购烟、买酒的事，跟阴阳先生确定破土、掩棺、落框的时辰，又说乐器伴奏闹得人心烦可以省掉的时候，有个矮个子女人从背后的人群里嘀咕了一句："死个人，跟死了条狗一样！"我回头看看，她迅速把头缩回去，钻进人群里了。我想我没必要跟她计较。在这个世上，永远不要为不理解你的无关紧要的人费口舌。

宴席即将结束的时候，我去车上拿月饼、石榴和西瓜。月饼是从深圳带回的，石榴和西瓜是白天在淅川城里采购的。三个石榴顶着一轮月饼卧在盘子里，像一座食物的小山，被我端端敬敬放在父亲的棺木前头，他的遗照前，有香纸的烟灰偶尔飞上去。弟弟一直埋头跪在棺下，成堆的香纸被掏出两个不规则的大坑，他仍是不停顿地增加着火盆里的黑灰，那么专心、沉郁，又那么安静、凄寂，仿佛全世界的喧嚣都不曾使他的悲伤降低一些。他凌乱的枯发上落着白灰，像是小雪下了一头。我心里一紧，唯恐他倒下得不是时候，转身端了饭菜对他说："你总是这样不吃饭怎么行?"他头也不抬地继续燃着纸钱。中秋节要有中秋节的样子啊,我叨叨着,吩咐众人切西瓜,又给每个人分了月饼。末了,婶娘笑着说:"把石榴也拿过来吧,他还吃啥,人家用不着了。"她就是这样爱开父亲的玩笑。我说好,拿了两个来。盘子里留着一个石榴、一块月饼。天上的月亮清辉如许,圆圆的,高高挂着,瞅着这人间百态。

叔父去父亲的棺下哭了一出,烧了几张纸钱,到我的身边来。对着我说:"看看,你爸还是会挑日子的,要不是中秋节年轻人从外面回来了,抬棺和挖坑的'八仙儿'都凑不齐,他一定算过了。"我笑着应他,或许吧。叔父又把我叫进屋里说:"我叫了乐器队的几个老朋友,一起敲敲打打,给你爸热闹热闹,礼钱不多……"我连连点头道好。我们转出来,叔父又用右手食指点着黑漆新鲜油过的小叶柏木棺说:"看看这壳廊子,在这儿,没几个人用得上的啦。还有他的寿衣,都是好家伙。"我想起堂哥电话我挑选棺木的事来。他报着价目,我一再追问。没有再好的了。父亲从前对棺木的渴求飘在眼前,虽未指定木质,但我料想一定比这个好。或许他指定了,只是我全然不记得。即便指定了,也不是对着我。

再晚一点,人们散去,父亲的黑棺和装着他身体的水晶棺并排躺在院子中间。寒凉的风灌进院子,棚子雨布上凝成的水珠偶尔掉下来打在身上,使人颤抖。堂哥和弟弟们将雨布挨着棺材铺在地上，又拿来被褥时，我起身准备回屋，遭到了他们的挽留。堂哥笑着说："最后一晚了，你不守灵？"我纳着闷儿，欲走欲停，抗意在心中起伏不定，但是我没有说出来。他们见我迟疑，又说："四天了，我们守了四天了，今晚你也该守一守。"我的脚长在地上，不能移动了。一排五个人，我们就地躺下来陪着父亲。风呼呼地吹着，斗转星移，月亮渐渐偏去，越来越多的黑包抄过来。他们一个个睡了，只剩下我睁着眼睛，瞪看那窸窸窣窣的黑。我不知道，女孩子也是可以守灵的。在父亲给我的教育里，从来都是女大不中留，是泼出的水，是别家的人，是给母家垫底的金字塔底座，不能摔火盆，不能送终……总之，我排在后面，不顶用。点点滴滴的过往在胸中激荡，我翻来覆去，覆去翻来地睡不着。雄鸡一唱再唱，天还没有要亮的意思。终于，我又一个人悄悄溜到屋里去。

我到底是个不顶用的。

三

我又到阳台上去。

松岗大道的楼岗社区公园里传出了几声高亢的鸡鸣，从前没有的，最近不知道是谁包了那片野山，在丛林里养了鸡。总在黑天现出光晕时分起欢叫，一声长，一声短地，把夜一点点儿叫白。这时候，天把刚起的光晕蒙在我身上，灰慢慢淡去，将我的轮廓出落分明了。楼下的松白大道上，泥头车队已经现身，正焦急慌忙地赶往燕罗的地标，为它作增土添泥的工作，我不知道那个像诺亚方舟正在建着的建筑叫什么名字，已经建到三十层了，就坐落在我的斜对面，有时候，整天整夜吵个不停。

差不多也是这样的时候，人们准备为父亲掩棺，乌泱泱围了他一圈。父亲顶好的几件衣服都在里面了。阴阳先生老哥哥手里抓一把棉花，在父亲的身体各处点停，口里念念有词，直到他把棉花塞到我手里，交待我拿好。我趁机把手伸进去，张开虎口捏了捏父亲的脚踝，枯瘦的腿脚包着一层皮，寒凉彻骨，冰冷得厉害，就像小时候冬天屋檐下吊着的冰凌，我连续打着寒颤离开了。棺盖落钉，哭声四起。"八仙儿"抬起棺木做好迈步的架势，弟弟捧了火盆赶到前面来。我们姐弟摇灵幡、捧遗照并肩开路，直抵金蟾之地的方坑。

在阴阳先生长长的一声"落框"叫喊中，钟鼓与鞭炮齐鸣，棺椁带着父亲迅捷地沉入大地，我眼前跳荡着他闯荡人间的经历：四岁丧父，十岁丧母，家乡和时代容不下他，他逃离故土求生、变换名字活命。他东奔西走，抚养年幼的弟弟，将他们推进常人的生活；他中年成家、流浪，带着孩子东飘西荡；他寄人篱下，受人白眼，巴巴看着孩子遭人毒打；他暂居深圳，愤恨女儿不助力母家，诅咒儿子无能，一度将其逼至生死边缘；他心系故土，数次返乡，讨不来一抔黄土藏身……

这小小的墓穴，是父亲最后的归宿，是他未了又圆了的夙愿。

当送葬的队伍散去，我披麻戴孝守着父亲墓门屋角的香台，燃着纸钱，有千万般话要同他讲，却不知该如何开口。我心里清楚，开口也不济事。活着的时候，跟他说话就如同落在地上，现在我们阴阳两隔，更是没有路径和基础。我不过是想问问，为什么在他最后一次回乡的二十七天里没有声响，又为什么在他回到深圳的二十四天里也没有声响。可是有什么好问的呢，我们是同样坚硬的人，坚硬的思想，坚硬的品格，坚硬得没有商量余地的坚守，没有谁会轻易向谁低头。这一世，我们注定活不成一对祥和的父女。我眼瞅着那张张纸钱点燃，又化了灰，堆成一团，细雨打在上面，烂在了泥里，脸上也没有一滴泪。我机械地继续燃纸的动作，未动离开的心思，这动作里卷裹着一些说不出来的话。我想，如果父亲地下有知应能窥见，起码他能作出平静的认可：我的女儿，还是做了一些不错的事。

"静娃儿，没有爸爸了哦……"我不知道叔父什么时候站到了我身后，我起身点头，说不上话，他问眼睛发了红。

"老汉儿不容易，你爸在外面流浪了五十多年。"

"不，他十二岁出外流浪，你十岁，小叔八岁，直到你们都安定。他今年七十七，流浪了六十五年。"我纠正着。

"一晃那么些年过去……"叔父沉思着，斑白的发尖沾满雨粒儿，眼睛忧伤地望着父亲的坟，又忽然瘪嘴、昂头叫出长长的一声"我的二哥耶……哥儿……"颤颤悠悠哭了一脸，任那布满沧桑的呼喊在山谷里久久回荡。一定是某些深刻的事件光临了。我慌忙扶住他道："是啊，一晃你们都老了。您可要保重身体，好好的。"叔父应好。我挽着他往回走，他低头喃喃："静娃儿，我对不起你爸爸……""快别说了……"我紧紧握住叔父的手。细雨斜下，东坡的山边下，我们深一脚浅一脚甩着脚下的泥团，慢慢地淡出了父亲的墓地。

剩下的，是接连三晚给父亲点亮。

当晚，我们围在父亲的坟前给他点亮。鞭炮响过，纸钱烧过，堂哥用黄纸引燃那堆干柴时，无端起了风，风卷着火跑到前额，烧了他睫毛、眉毛及少许头发。堂哥抚着焦发，红着眼睛流泪问："这是咋了啦？"第二晚，还是毛毛雨，似乎比头一晚下得密集，到了非要打伞的境地。我们子女侄儿辈的几个又过去，堂弟走在最前面，他先燃纸，燃烧的纸钱，直斜斜跑到他背后撑开的雨伞上，着了火。眼看着，一把黑伞只剩下骨架。堂弟笑着起来说："下雨了二爹没有伞用，他要去用了。"第三晚，当我们集中点火的时候，

　　　　　　　　　　　　　　　　————————命的门

叔父也来了，可是不一会儿，他就双手护头往回跑。我们回去才知道，一群蜜蜂追着他不放，从坡上一直追到院子里，硬生生在他头上蜇个包。叔父哼哼地捂着脸，从松开的指缝里露出一只眼睛，对着我说："看看，你爸爸还是有点鬼劲儿……"

快要离开的时候，我到西边的山头上眺望，高低起伏的山尖错落在眼睛里跳荡，所见之处，皆荒凉，混沌，苍茫茫的，似有虫鸣，又万籁俱寂。我晃荡着，从一座山头到另一座山头，漫无目的地走，回头就看见山窝里的村落——父亲曾经生长的村落，现在他又回到这里来。再往东看，如果不是有花圈插在那儿，我根本找不见父亲的位置。我们要走了，连天的孤山下撇着他一个人……这时候先生打来电话催我回去，声声快过我的思维。我们原本打算到荆紫关镇走一走，他去那里感受厚重的历史，我去感受父亲口中祖辈奋战的地方。虽然只隔着十几公里，却不得不取消了。工作和生活都不允许，我们必须回深圳了。

我去跟叔父道别，做最后的恳谈，无非也希望在父亲的忌日时节里，他能做些烧香、燃纸、放炮、供物的事，尽一尽亲人的心意——我们不能常在，也做不到常回去，不能让父亲就此变成孤行的魂灵。然而希望是什么？希望是看不见、摸不着、听不到的意念，是需要磁场连接才能抵达人心的执着，是心有灵犀不点自通的默契。那些不被道出的语言裹在我对叔父致谢的关怀里，没有声色，不具形相，我相信它也会因着兄弟之间的相同血脉而得到传递。

返深途中，无边的沉默蔓延着，长时间里没有谁开口说话。母亲背靠车窗，机械地眨着眼睛，一动不动，任凭单薄、孤独、无助涌到她近处。我心下想着，回到深圳得重新给她安排住处，母亲就责备我不该在父亲生命的最后时光里不去看他。旋即父亲阴暗的脸色跳在眼前，近年来，我们守着各自的理念，愈加坚定地维护着自己的生存，谁也不肯松动。可是，我不知道母亲为何左右都维护父亲，他们出身不同，年龄上也有差距，当我和父亲有激烈争斗时，她总或是哭，或是沉默，或是干脆站到对方的一面，从来没有强烈的反抗，哪怕站在女性的角度说一句公道话。母亲继续着，重男轻女，他们那一代不都是这样？终于，这言辞使我像困兽似的咆哮起来："那又怎样！我那么努力，他看不见么，他从来没有说过我一句好！"我又找到了当初跟父亲战斗的勇气，我直挺挺地坐起来，拉开架势，随时准备反扑。

"怎么没有？他去市场还跟人说穿戴都是你买的，回老家又跟邻居说起你的好……"母亲话毕，我像是一只斗鸡把颈项里参起的羽毛悉数收回，原本被雪藏又被提拽到胸口的许多争执话，也"咣当"一声跌落腹中就此沉寂。所有的坚守与对抗瞬间坍塌，眼泪滔滔如许，我哭成一个孩子。

———————————— 命的门

仿佛要了很久的一件玩具，被大人捏在手里，高举，后藏，恶作剧般不给，我怎么跳叫也够不到——不过是一句小小的认可，我要了那么多年。

如果父亲地下有知，一定会笑我。

如果父亲地下有知，一定不屑于笑我。

我站在阳台上，踢散着脚下用烟头垒筑的围城，笑着笑着，眼眶里流下一窝热东西。

四

天彻底亮了。

阳光普照，万物生辉。这座崭新的城市犹如一台庞大的机器开始了新一轮的运作。商业街两侧的门面次第洞开，成群结队的汽车弹珠一样滑过地面，赶早班的人蝌蚪似的被公交车倾倒在站台四散而开，地下列车轰隆轰隆吞吐着一批又一批年轻的灵魂。工厂叫嚣，工地震荡，大地颤抖。两年前，我站在这高处北望，还能看见东莞长安街道的万科大厦，现在，就连附近的松岗公园也看不到了。

昨天早上回到深圳，我把母亲和弟弟送到新租的房子里。现在，母亲应该睡醒了。我们说好今天一起处理父亲的遗物，并办理旧屋的退租手续的。于是我掐灭手里最后一根烟头，回屋收拾妥当，见先生还未起床，便写了字条，贴在厨房门上——我去石岩了，不必等我吃早饭。

从这边过去，大约半小时车程，需要经过二十三个红绿灯。近十年，雷打不动，我几乎日日往返一程。去那边忙工作、生意，顺着空隙和家人相聚。然而有父亲在场，总是不欢而散。曾几何时，我常常感怀自己英明——因为把家安在远处，便把父亲陈碎的聒噪甩在更远处。现在，只剩下母亲和弟弟。啊，我是怎么下得了这样的狠心？

在根玉路上通行，接近南光高速桥下的那一段，我也曾带父亲途经过。旁边的草丛有一处墓园，三座坟茔一字排开，尤中间那座最大。只一瞥，父亲就叹，要是老了能有这样一处屋宅多好，你爷奶都没这样的福分，一个就地掩埋连个鼓堆儿也没有；一个裹了薄席埋在地埂上孤零零的。只有在他谈及家族故事时，我们俩才相安无事，甚至我还能跟着探讨几句。可瞬时我又想起他决心要死在深圳的模样，他那样决绝地用死去堵弟弟不成家的漏洞，用死来对抗我的不顺从。但当我说起深圳墓地昂贵时，他立即把头压得低低的喃喃着，算了，死不起了，我不能给长风添麻烦，他还等着用钱娶媳妇儿呢。我是多么残忍呢，连对他自由选择离世的权利也要剥夺——他是战战兢兢被各方现实挤压着死去的。

帮着母亲把新家收拾一通就到中午了，母亲端了饭菜出来，两荤一素，加了一碗鸡蛋面，端端正正地摆在桌儿上。弟弟拿了四双筷子。面是父亲的主食，多少年了，每每用餐，母亲都要单独给他做一碗。我问怎么又拿四双？弟弟抖着手道，哦，哦，忘了。母亲也幡然醒悟，瞪着眼睛压低声音说，哦，我也忘了。我们三人相互瞅瞅，弟弟起身到阳台消化情绪，母亲一转脸就掩面哭起来。一声长，一声短的，仿佛要把人心撕碎。

旧屋里，处理了父亲所有的衣物之后，我望着留下来的七双鞋子，对着母亲把梦说了。母亲后悔当初没有给他带鞋。我脑海现出父亲在节日里缅怀祖母的情景。他总在清明、除夕之夜备了香纸和祭品到十字路口去，朝向北方，口里喊着什么话。有时是弟弟陪同，有时是我跟着壮个胆儿。现在，那些话也清晰起来。在深圳的十几年里，他年年如此。再远一点，在外公屋檐下的生活里，他也是年年悄悄做这些事。再远一点，我们居无定所的日子里，仿佛也还有，只是印象模糊了……"晚上拿去给他烧了吧。"我和母亲同时发声。弟弟应好，然后去备香纸和祭品。

我们什么事也做不下，只瞪着眼睛等天黑。

夜终于来了，三个异乡人慌忙跌乱地上车，没有头绪地在深圳的大街小巷里奔行，透过车窗向外窥视，在每一个十字路口、三岔路口徘徊，游荡，可是绕着石岩周边兜兜转转两个小时也没能停下来。我最终想到石岩湖路口，那是附近最大的一个路口，很久以前，仿佛也有人在那里办过祭礼，只是我经过时剩下一堆纸灰浮在路边的草丛里，间或零星的炮皮。但当我们抵达的时候，却不能下车。双向八车道上来来往往的汽车呼啸而过，车尾甩出的巨大风声在空中飘荡，路肩上匆忙的行人也宣告着这事没门儿。我打着双闪把车停到路边，等了许久，也没有改观。母亲叹了气说，再走走吧，说不定还有更好的地方。

我继续行车，转到爱群路，又上东长路，光侨路，去往曾经滑坡掩埋了近百人的地方。原以为夜的最深处在那里，寂静，暗沉，伸手不见五指，没有交通灯的路口，也缺少人来人往，甚至没有灯光……一到附近，路钻机的哒哒声便直逼耳朵，工人彻夜忙碌的身影投入眼帘，路的两侧竖着隔挡，路口越来越多，交通灯越来越密，烟尘滚滚，没有一寸草地可以驻足，没有一处暗影可以给予我们遮蔽。如果不是这样走一趟，我不知道，偌大的深圳，但凡有路口的地方都设置了交通灯，但凡有路的地方都站满了路灯。于是掉头折转，不知不觉上了光明大道，再转根玉路，将石路，振明路、楼岗路……我想在最熟悉的路线上探寻路口那些边边角角的空地有无操作的可能，直到车子行驶到松岗大道，已经到家门口了，也没能找到一个合适的路口。

这移民城市的普通日子，没有清明、除夕的萧瑟和寥落，便没有无人的路口闲留给哪一个。我不能寻到中意之地，却相信天无绝人之路。夜深天冷，母亲搓手喊凉，我开了暖气，脚下一踩，不看路牌，也不看标识，任凭车子走到偏僻、黑漆的地方去。好几次，我们在路口下车，又被行人"赶回"到车里。他们吹着口哨招摇地路过，又叽喳着要到前面的排档口去吃烧烤，我只能给他们让路。不知走了多久，我们从一处高坡向下滑行的时候，看到前面有个岔路口，一团巨大的黑色几个不起眼的路灯里幻化出模糊而静谧的本来面目，行车少，路人许久才有一两个。就是这里了，三岔路口也行。母亲发了话。

我和弟弟提着鞋子，拿了香纸和酒水下到路口去。侧边的水塘有野树的枝蔓伸出来，空气阴冷而潮湿，路肩上已经没有下脚的地方。我们转来绕去，终于在路口的边角上找到一块空地。弟弟挥着折来的树枝在地上画大圈，开始和收尾都向着北方，又留一个小小的开口。我们姐弟跪在圈子开口对面的地上，朝向北方磕了三响，喊着父亲的名字，倒酒，焚纸，烧鞋。凌晨四点的深夜里，酒水泼洒出诱人的芳香，燃烧的火苗腾空而起，带着黑色的纸片飘向北方，鞋子在酒精的作用下噼噼啪啪，流着黑色的眼泪，偶尔有一声沉闷的炸响。那与世告别的炸响，不再包含遗留在世的不甘与委屈，它们顺着烟尘扶摇而上，跟着苍天的指引，投奔永久的主人。我望着燃烧殆尽的鞋子残渣，拍着身体起身，刚舒一口气，弟弟就不声不响倒在了地上。长风。我扒开枯草喊。长风。我使劲拽着他的衣服喊。长风。我拦腰托着他拼命摇晃……四野无人，夜黑如铁，孤独的声音散在风里。弟弟终于又倒下了。犹豫，第一次占满我的内心，我不知道该不该跟车里的母亲说。

念见

一

　　自打那个年轻人来花屋要挑一朵红玫瑰送他的心上人，父亲就开心得合不拢嘴，前前后后围着他打转儿，盯他额前的大痣，听他熟悉的乡音，眉目情深地确认着："小燕子，是小燕子吧？"年轻人停下来，恍若隔世般看着父亲苍老、疑惑的脸说了声是。父亲颤颤巍巍红了眼睛，哆嗦双手合了心力拍在他身上道："孩子，我是你二爹……"红玫瑰落在花桶里，年轻人目瞪口呆，在这凝固的时间里，他仿佛看见童年时期与眼前人相处的模样，亲切，慈祥，靠近，冷漠，远离，又无可奈何。泪眼蒙眬的两个人紧紧握住双手，开启了一问一答无法停止的谈话……

　　花屋成立的十几年间，父亲总是对河南老乡、河北邢台务工者格外亲近，凡此两地的来客，父亲便喜出望外地跟人套近乎，只要聊上几句，就直奔主题——你们那里有没有一个外地的民间艺人，南阳口音，瘦，高，拖家带口的，算起来有六七十岁了。他常常口手并用地比画、重复，以为在深圳能找到小叔的蛛丝马迹。我却总是泼他冷水，劝他早断念想，那么多年过去了，谁知道小叔还在不在呢。这时候，父亲就瞪着眼睛训斥我："念想是能断的吗？人活着，还不就是为着那一丝念想？倘若你小叔知道我念他，一定撑也撑到相见的时刻。"接着，他就吼什么血浓于水、断骨连筋的话，有时候对着我，有时候对着花屋门口的玉兰树，明明暗暗的一丝微光在他眼睛里闪荡。情绪特别激动时，还曾解释他们于各自的流浪期，也能在四川采买天麻的队伍里不约而同地见上面，也能在西安古城门外奇迹般偶遇，也能在新疆、洛阳的乱石厂里突然重逢……现在不太解释了，因为生病，他身子越发落寞、萎缩、了无生机了。但他心中的执念却像抓牢了大地般不断生出根须来，愈生愈密，越来越茁壮。谁能料到，时隔三十多年，那堆砌成山的碎碎念竟然真的感动了上苍，将小叔的小儿子——小燕子哥哥推到已经七十三岁的父亲面前来。

很长一段时间，父亲在家里点香谢天谢地，为叔侄二人的意外相遇。偶尔岁月回潮迅猛，他更是伤感到默默垂泪，为毕生无法周全的弟弟。这场悲欣交集、伴着高低错落声声哭泣的认亲，成功地把我送进了过去那段暗灰色的时光里。

二

那时我三岁，弟弟还在襁褓里，外婆去世，父母亲应外公的召唤结束了流浪——舅舅们独撑门户，我们跟着外公过日子。全仗着沾了我从未谋面的外婆去世的光，博得外公的同情，我们才跟着上了户口、分了地。据说慈祥的外婆不忍心看着女儿过着居无定所的日子，在快要撒手西去时留下了遗言。外公到底看不上父亲的流浪身份以及他大出母亲倍余的年龄，时常给他脸色看。每当外公阴着脸，父亲的心里就打鼓似的揣度着是不是哪天又要沦落到无家可归的境地呢。但这并不影响一个在薄冰上行走的人对眼前的生活充满感激——他变着花样儿给外公做下酒菜，将每季的收入一分不落地交到外公手里，甚至做民间艺术挣来的外快也毫无保留。然而外公的族人不依不饶，一有鸡毛蒜皮的小事，就嚷嚷着让我们走。邻人更是将孩子间的事发酵得不可收拾，无论是谁的错，最后都是我们的错。

这样的当口，小叔在他入赘的灵宝岳母家也活不下去了，带了一家五口来投我的父亲。

北风呼啸，正是人们缩在家里烤冬火的时节，小叔、小婶像牛一样拉着一木架子车零碎的家当摇摇晃晃来了，后面孩子跟了一串，一个比一个矮：大燕子、燕妮子、小燕子。父亲将他们让进屋里，心疼地捧着那一张张被寒风冻红的小脸儿，让我喊大哥哥、姐姐、小哥哥。我叫过以后，他们又黑又瘦的脸上漾出了笑容，像阳光照着我，美好，亲切，带暖意。这让我觉得他们和村里的孩子不一样，他们不会欺侮我，也不会引起那些人"三天两头让我们走"的闲话。父亲母亲和小叔小婶聊着大人们之间的话题。大燕子哥哥只对我说他的外公死了，外婆也疯了，灵宝那里再无亲人，以后我们就是亲人了的话，就拿了弹弓教我玩儿。他在墙根儿捡起一块碎石包在弹弓中间的软皮上，挤着一只眼睛正准备发射出去的时候，外公出现了。外公远远从过道走来，背着手，直走到我们的偏房，阴沉着脸，不笑，也不说话。小叔小婶满脸堆笑地跟他打招呼，哥哥姐姐们也赶紧叫他姥爷，他还是不笑，也不说话，甚至不看一眼他们的脸，只是无止境地呓，目光不对着一个人。大人们谈话的声音越来越低，越来越稀，终于沉到水里去了。

外公前脚去堂屋，父亲后脚跟了过去。不一会儿，我听到有拍打桌子的声音，接着是玻璃瓶子碎在地上的声响，我听不见父亲说话，——只间或一声夹着杂乱声响的"你说！你说这怎么弄！"从堂屋里飞出，这不是父亲的，这是外公的声音。母亲掩了偏房的门，舀了热水让小婶给孩子洗脸擦手，这时我发现燕妮姐姐的手肿得像馒头那般大，小燕子哥哥手上已经生了冻疮。母亲连连说孩子可怜，我凑过去问姐姐疼不疼，他们都说不疼，只是痒，但是不能抓。我不明白，痒，为什么不能抓。关于小婶说的"一千多里路啊，天冷得像刀，就靠两条腿走过来"，我也不很明白。母亲却说感同身受，我们也是这么过来的，会过去的。说着她转身推开连接厨房的木门，吩咐小叔到院子里去拿干柴，堆来烤火。父亲就一脸笑地进来了，他连说："对对对，烤烤火，先歇一歇脚，明天再搭屋子。"于是大伙儿围着火塘坐了一圈，笑声绕梁，燃烧的火苗把大人和孩子的脸都照得亮堂堂的。这一晚，外公在堂屋像往常一样烤着小火塘吃晚饭，父亲把他平日的下酒菜从两个增加到三个。我们在厨房每人一碗疙瘩咸面汤，就着馒头吃得也很香。这一晚，小叔小婶睡在厨房铺满稻草的地上，哥哥姐姐们睡在我们偏房铺了稻草的地上，我从床上跳下来和他们睡在一起。燕妮姐姐拿着一把棉花玩儿，她用我的手捏里面的棉籽问硬不硬，又说灵宝的棉花结得高，要踩梯子才能摘下来。大燕子哥哥却说，摘棉花的时候，地里总有猴子出没，你摘一个放进麻袋里，它也摘一个放进麻袋里，然后它一直帮你摘，直到麻袋放满了才肯走。啊，多么神奇！这一晚，是我童年里闪闪发光的一晚，好奇心是从我身体里长出的另一个带触角的脑袋，它探索着一切我未知的哥哥姐姐们却知晓的外在事物，兴奋得我整晚睡不着……

三

小叔的屋子搭在村东的一片空地上，方方正正两间，前、后、右侧五十米左右是舅舅们的房子，左侧是一条宽大的水沟，地方算不上好，但总算有了安身处。父亲有心将我们的田地分给小叔二亩，数次沟通，始终没有征得作为

———————————— 命的门

户主的外公的同意。没有地，没有户口，小叔靠手艺养家，他常常出门在外，十里八乡地行走。拉二胡、唱板子戏、刷油漆、做木工活儿，换钱，换米，换面粉。一开春，小叔就用余钱买了羊羔。邻人侍弄田地，小婶和哥哥姐姐就侍弄羔羊。大暑时节，小叔和父亲因为孩子上学的事发生了分歧，他气急败坏地不让父亲提，他不是不想让孩子上学，他是不敢提，土地、户籍、年龄没有一项符合学校的规定，十二岁的孩子不荒在家里又能怎样呢。在父亲通往校长家频繁的跑动中，总算为大燕子哥哥争取到一个三年级旁听生的名额。燕妮姐姐看着大燕子哥哥进了学堂，经常倒拿他的书本巴巴地抹眼泪。小燕子哥哥却因幼时生病烧坏了眼睛对上学没有多大兴趣，他的理想是养一百只羊。

　　小叔家的羊越来越多，他们的称呼也从"外地的"变成了"放羊的"。豫南偏僻乡村的农人历来以土地为生，个别人家偶尔养牛，养驴，也有零星的羊只，但都不成气候。数十只羊群在丰茂的草地上穿行的壮丽景象，成功地引起了一些人的关注。他们一反常态地接近小叔和他的家人，或低价卖出，甚至直接讨要羊羔，或求教小叔的手艺，没有一项不让小叔生气。一种不祥的预感笼罩着，父亲也跟着陷入了沉思。春天的一个早上，水沟结了厚冰，哥哥姐姐们把羊群从冰上赶到对面，让它们去吃坡上新生的草芽儿。由于羊儿们忍耐了一整个漫长冬天的枯草喂食，一上坡便一路向北，撒欢似的不受约束——也有三五成群地到麦地啃食麦苗儿，也有一两只误入油菜地里充饥去了。小燕子哥哥不停地甩鞭子也不奏效，燕妮姐姐更是被头羊拽倒在地也没能阻止羊群四散。

声声不断的讨伐从中午一直持续到晚上，无论是邻居还是外公的族人都气势难挡。小婶狠狠地打了孩子们，笑脸赔尽也没能换来一丝平息。他们终于撺掇喊着让小叔全家走。父亲尽可能周旋其间，对谈各式各样的条件。最后的代价是二十七只大大小小的母羊和羊羔。然而自此以后，小叔家里发生着越来越多的生命难以承受之轻。比如，常常在清晨发现圈里的羊只又少了，竖在门口的铲子不见了，家里的黄狗被毒死在屋角，大燕子哥哥的学业在进行两年半后、已经上到五年级时被迫停了学，甚至，屋顶的瓦片也开始不翼而飞。小叔心境难平，父亲也按捺不住内心的激愤来，他们抓着一些把柄上门去理论，却最终——败阵，没有道理可讲，谁的地盘谁做主，村里人开始嚷嚷让我们走，这个"我们"里面包括父亲，我，弟弟，甚至是母亲。事情发展到不可收拾，我的舅舅们也选择站到对立面，外公是默然失声的，只有已经死去的外婆的影像还站在他心里起着护佑。谁都知道，只要外公不发声，那些此起彼伏的嚷嚷只能散在风里。可他到底发了话——让老四走，老二就算了。此言一出，小叔是非走不可了。

小叔家已经空空如也，比起来时，显得更为落魄，薄薄的家什平平摊在架子车里，小叔和小婶又成了拉车的头牛，已经过了十五岁的大燕子哥哥双手扶住车框尽薄力。燕妮姐姐和小燕子哥哥跟在后面。我追上去拉他们，他们再不像往日那样笑脸待我，推开，跌倒，我坐在地上哭。父亲赶上来塞给小叔一百二十块钱，解释着连续跪求老爷子两个晚上也不松口，又问小叔的去向。小叔只说也许河北邢台，也许四处流浪，就转身把父亲的施舍扔在池塘里。他们之间再无话说。小叔拿起二胡，抽抽抖抖唱了起来——赵登堂，不曾说话热泪滴呀，我的那个亲娘啊，自从你两眼一闭哎撒手一去，二哥三哥各自活，我被丢在那个灵宝里，入刘家祠堂娶了妻，爹死娘疯又遭人欺，这个家弄得我措手不及啊。白天黑夜，我拉弦去卖艺，黑夜白天，我双手刷油漆。我的那个亲娘呀，你可知这些年，我吃过多少苦，你可知这些年，我受过多少屈。吃苦受屈呀我想着我的二哥哥。没想到今日我落难，他做那个旁观的。我的那个亲娘呀，我也是个人哪呀，我也有所需，外地人本地人，心是那个一样的。一辈子没有过开心满意，阳世间做人一回你说屈不屈呀。我也不怨天，我也不怨地。怨只怨我娶了一个没有靠山的妻，我活得不得意呀，死还死不起，最害怕孩子们没处儿去，没呀没处儿去。我的那个亲娘呀，我的那个亲娘呀……

四

　　小叔的唱腔苍凉，悲旷，句句打在父亲心上。一场热闹散去，围观人的嘻笑更是将他刺激得沉默寡言，闷闷不乐。外公却认为父亲暗藏私钱对他不忠，越来越多的吵闹飞在家里。一百二十块钱成了横亘在他们之间的鸿沟，每当父亲外出行艺，外公就来盘问收获几何；每当家里的牛羊售出，外公就把收益要走；每当粮食入仓，外公就用米尺做了记号。我们只落得有饭吃，有所居，可是，父亲不许我们抱怨。他怒目警告我：外公是大树，我们是活在大树底下的小草，大树一倒，小草会被连根拔除。他深深浅浅地承受着，也爱着眼下的生活，却时常念叨小叔。数度春秋，盼不来小叔的信件，也打听不到小叔的去处，他念得眼睛泛红，头发都白了。常常是念到痛时，他一遍遍重复：啊，你小叔一定恨毒了我……

　　父亲的目光越来越多地投注到那些跑江湖的人身上。村里来了拉弦、说书的，父亲从头听到尾，将家里的谷子舀了一瓢又一瓢，有时候还会请他们到屋里吃顿热饭暖暖身子，碰上雨雪天，甚至会留宿他们。有一次，一个拖家带口的卖艺人，将一大麻袋玻璃碎片倒在地上，大约铺开三米长，命令他七岁的儿子光脚走过去时，全部人屏住呼吸，眼睁睁看那可怜的孩子一步一摇走到尽头时，父亲却激动地抱起那孩子哭了起来，他双手抚着孩子渗血的脚底说，怎么能让孩子受这种罪啊。孩子的父亲拿了袋子接收着围观人递上来的一碗碗面粉，最后走到父亲面前叫了声老哥哥，又说若不是没办法谁舍得出此下策，我们也要活命啊。这一番声泪俱下，直让父亲立刻回家拿了半袋子面粉来。那人连连道谢、作揖：老哥哥积德行善，一定福泽绵长。还有一次，几个跑江湖的外乡人来倒卖军大衣和小物件，父亲背着去走亲戚的母亲和外公，私自做主，动用了卖牛钱，买了六件军大衣，算好了母亲一件他一件，外公一件，三个舅舅各一件，竟引发了一场恶战。外公气得浑身打战，抬头低头见着父亲就骂，骂他野江湖，骂他鳖孙，骂他蹬鼻子上脸不知天高地厚乱作主，叫他立刻滚，甚至动手打了他。外公将砖头掷向他，把榔头丢向他，又用脚踹在他腿上，父亲不作声，任由他打骂。晚上，我对着受了委屈的父亲问，你恨他吗？父亲摇头。我切切地从牙缝里挤出一句，我恨。父亲严肃地苛责我，说那些跑江湖的人都没鞋穿，依然风里雨里跑着讨生活，我们有了鞋子穿，更不应该抱怨生活不公，有饭吃，有衣穿，有所居，有学上，这是多少江湖人渴求不到的生活。他帮他们，同情那些江湖人，只是隐约希望外面的人能对小叔好一点。他身为哥哥不能帮衬弟弟，就帮衬类似弟弟的可怜人。天若怜见，也会在小叔有难的时候，安排别的人帮一把。

　　生活越来越拧巴、拘谨、压抑，让人透不过气。父亲甘于偏安一隅，我的内心却始终生长着逃离的种子。我越来越远地离开村子，到小镇去，到县城去，到更远的地方去，最后和家人辗转到三千里之外的深圳。村子成了记忆，成了父亲的念想，可他念得更多的是小叔——万一小叔去信，没有收信的人了。万一小叔去找，没有我们等在原地了。渐渐地，深圳成了新的念想，成千上万人从全国各地涌来，父亲眯着眼睛分辨，要是人群里有你的小叔多好，要是燕子们也来深圳打工多好，要是有一天能接触认识他们的人也好啊，他盼得脖子都长了。日子不断地叠加在父亲身上，他变得单薄，苍老，衰弱，体力不支，频繁地进出医院。刚从死神手里挣脱过来，他就明晰思辨：还有兄弟未见，还有念想未了，我不能走，阎罗王也不能收。在见到小燕子哥哥以后，他更是得意自己通天的意念：啊，看吧，人若有心，苍天不负。

在跟小燕子哥哥的几次交流里，父亲越来越清晰地得到小叔的情况：身体远不如从前，常年咳，药成堆地吃，气管炎越闹越凶，肺病也重了，冬天天冷，最是没有办法。父亲越来越迫切地想见小叔，从夏天到冬天，不知念叨了多少回。然而小叔不能来，父亲的身体也不允许他独自出行。平日里，我工作繁忙到无法告假；假日里，弟弟要陪女朋友去旅游；节日里，花屋的生意忙得不可开交。深圳的日子像滚轴一样拖着我们跑。父亲终于发了火，他用绝食的方式，抗拒我们的"不从"和"无视"，虚弱、绝望地闭眼躺在医院的病床上，难过的悲哀的神色从他枯瘦的黄脸上渗出来，医生也束手无策。当他得知我同意春节带他去见小叔，却忽然有了力气，身子一挺坐起来，颤着声音向母亲要面吃。我们这才真正开始将工作、生意抛开，筹谋着去看小叔。

五

大年初一，我践行对父亲的许诺，带着全家向三千里之外的小叔家进发。小叔没在河北邢台，小叔的家也在豫南的县境，距离我们原来的村子不过两百里。他是去过河北邢台的，拖家带口在那儿生活了四年半，过得并不好。关于不好的细节，小燕子哥哥没有过多透露，只说在生活最为困顿的时刻，小叔曾经的老朋友联系上他，得到邀约，他又带着简陋的家当叮叮当当回到豫南。他以和老朋友结亲家的方式获得了立足的根本——聪明可爱、勤劳善良的十六岁的燕妮姐姐嫁给了一个肝病患者。随后大燕子哥哥、小燕子哥哥相继娶了本地姑娘。这联姻，使小叔一家在那片土地上牢固地安顿下来，四处漂泊的日子才算过去了。啊，在我们还没离开村子的十七年，两百里，你小叔连个信儿也不给……如今三十一年过去了……父亲掰着手指算，忽然低头停顿下来。都说近乡情怯，我却明显感觉到，父亲是近弟情怯。快到正阳的时候，父亲不停地抹眼泪，激动的心情使他难以平复。咳嗽，呕吐，咯血，呼吸急促，直喘得张口趴在座位上抬不起头、睁不开眼睛。他是缺氧了，他的只剩下指甲大点儿还在疯狂运作的肺叶出了故障，我没法儿按照原来的方向行路，不得不改道将他送进县城中心医院的急救室里。

正如我所担心的，父亲的身体已经承受不住长途跋涉，尽管在路上走走停停，又歇了两个晚上，父亲还是病倒了。他插着氧气，输液，面如死灰，一动不动地躺着，两天两夜过去，没有要醒的迹象。第三天上午，小燕子哥哥赶来了，他握住父亲的手，用软软的腔调抚劝着，二爹呀您几千里都走了，怎就差这一百里？低沉、哀婉的诉说，敲打着父亲的鼓膜，他先是手指动了，后是抬了眼皮，接着开口就问他的弟弟好。原本小叔对父亲的到来并不知情，却在小燕子哥哥和我们的语音通话里听到父亲住院的消息，情绪十分激动。医院在东，他出门拔腿就往西跑，一刻也不消停，吵闹着要见我的父亲。趟麦地，跨水沟，爬堤坝，脚底生风，仿佛着了魔。大燕子哥哥连喊带叫，穷追不舍，小叔跟跟跄跄，跌趴在地上，摔坏了鼻子，现在已经被弄回去了。近年里他时常痴呆，不分方向。我正担心这会成为父亲的心理负担，不料，他听后却咧开嘴巴苦涩地笑了——小叔没有他想象的那般恨他。父亲平息着心情，慢慢坐将起来，身体渐渐有了起色。

父亲出院的时候，小叔也到了，他鼻梁上顶着明显的伤痕，塌坑，掉了皮肉，连药也没有擦。他只管猫腰对父亲二哥儿二哥儿密集地叫着，额上的皱纹用力往一块儿挤，父亲没有插话的间隙。苍老、衰弱的两兄弟摩肩说着久别重逢的话儿，一直从病房走到敞亮的室外。立定不久，小叔忽然说饿了要吃烩面，父亲就颠着碎步去医院对面的烩面馆打了两碗来。他们不在饭馆吃，他们并肩坐在医院长廊的水泥墩上吃，或许贪恋温暖的阳光。我们等着，看日头正了，又偏了。起身时，父亲说小叔老了。小叔也翻着眼睛笑父亲变了相，不比当年扮的杨子荣，就连栾平也比不上。父亲感慨着三十多年没见了，小叔不确定地胡乱应着好像有十来年了吧，他定定地瞪着眼睛等父亲的认同，或许时间于他仅仅是个概念。父亲又问小叔这些年过得好不好。小叔答，好是好，就是没钱花，要是你能给两个，那就太好了。父亲二话没说，摸了钱出来说身上就剩这些了。小叔接过去，昂头哈哈一笑，又把钱捂在父亲的口袋里。

六

小叔家坐落在城西一百余里处的小柳庄，从医院驾车出发，一小时工夫就到了。临近村口，小叔忙不迭地介绍着大燕子哥哥、燕妮姐姐、小燕子哥哥家所居的方位。它们呈一字状排列在村前，清一色的小平房，带着院子。整齐有序，俨然如土生土长的本地居民居所。我们刚下车，亲人们就团团围上来。我当年意识里的小叔一家五口，已经增加到十八口人。小叔不分顺序地点指着那些陌生的脸庞，我开始无法从中理清谁是谁的配偶，谁是谁的孩子。几个关键而错乱的细节杵在我的眼睛里——小婶的头发全白了，不能自由行动，她拄拐杖吊着腿，肩膀和头缩在一起使劲儿，眼睛里闪着莫名的光，嘴唇哆嗦却说不出话；我的患肝病的燕妮姐夫已经去世了，姐姐因为月子中风，一条腿落下残疾，连站立都很艰难，她扶着旁边的人，一瘸一拐，动了两步，急切而甜爽地叫我的父母亲"二爹二妈"，转头又喊我"静儿妹妹"，就体力不支落在身边的凳子上；我刚成婚的先生对着伸出双手上来的侄女婿叫大哥，他连连摆手道"别叫我大哥，我不是你大哥"……这时一旁的玉儿过来叫我小姑，继而我转身告诉先生："不能叫那位大哥，他应该叫你姑父的。"先生连连道："不能，不能，那不行。"我不能解释什么了。看上去，他的确是大过先生的，又已经做了父亲。

三十年前的时空和今天进行搅拌，将记忆的影像和眼前的景象融为一体，形成这错乱的景致。小叔对着父亲有点儿自豪地说，看看我这十八口人呢。笑意，像猴子隐身蹿荡在他布满褶皱的枯瘦的脸上。家族里激增的人口，倘使小叔欣慰，抑或使他骄傲，又何尝不是他的无可奈何？一个四处流浪的异乡人，在那个动荡而禁止流动的年代里，除了依靠孩子的姻缘获得安定的生存，他没有选择。然而，四十岁便做人祖辈多年，到底太年轻了。我的哥姐们入世就投在泥潭里，等不到跳出来创造新的生活，又跌进更深的生活渊

命的门

底里，出不来，也没有挣扎的力量，唯一能指望的就是下一代，下一代能争气，下一代能出来，下一代能创造他们没有过过的生活。可是我们呢？父亲带我们就这样人单力薄出现在小叔面前，的确也够不上圆满。三十多年过去了，我们晚婚，单身，性格暴烈、执拗而不合群。为了不重复父辈的生活，东挪西搬的我们，除了叠加自己的年龄，不停地奔跑，找寻，也没有别的出路。

小叔把家里的苹果成袋子拖出来，倒在院子的水泥地上，待它们活蹦乱跳开来，又提高嗓音扬着长者的威严，吩咐孩子们去洗。花生，瓜子，糖果，在他的张罗下摆了满满一桌儿。凳子搬了，茶水也倒了。小叔一直忙活着，坐不下来，他领我们去看菜园，鸡舍，猪圈，指着农田展示他生活的美好着落，宽裕和心安。兴奋，写在小叔停不下来的一连串动作上，父亲心里板结的担忧渐渐松动，笑容悄悄然爬了一脸。开饭是下午四点，这顿午晚餐使得父亲和小叔坐在主礼席位上继续交谈，丰盛的菜肴只是摆设，他一口也咽不下，总是举筷夹起，到了口边又放回到面前的小碗里。小叔拿酒瓶准备着持续倒酒的动作，对着父亲叫嚷喝一点儿，喝一点儿，酒有的咧。两人一敬一推，引起哄堂大笑。我向身边的燕妮姐透露前年回到祖籍探望叔父的事，她一脸惊讶，啊，你们都回老家了呀，那是个什么样的地方？她眼睛里跳荡着欣喜和好奇，目中所聚，皆为心向往之。我无法细述那一趟寻根之旅，只蜻蜓点水地提及，便促使燕子哥哥们也生了返乡的愿望。

被生活拖着四处游荡的父亲和叔叔还有故乡可期，常年寄人篱下的燕子们就也有老家。他们嚷嚷着要回老家看看，如同我的父亲心心念念着小叔。那所谓的老家，只因埋着祖辈的身躯，种着父辈的根须，牵牵扯扯着我们。它是我们这一辈儿里没有一个人生活过的地方，我们都因时代的原因，被年幼的父辈夹带到异地，落在别人的土地上。只是我们的身体里却流淌着抹不去的祖籍地所滋养、延荡的血液，这激动的"约定俗成"的场景便是铁证。父亲原也期待看看小叔的状况，并有意与他结伴重回故里。然而小叔不同意。他耷拉着脑袋，情绪低到冰点，伸出右手食指点着脚下说，在哪儿不是活，我就准备死这儿了。我想，作为遗腹子，小叔六岁失去母亲，跟两个哥哥远离故土，颠簸在人世间，或许故乡留给他的印象太过模糊。可是停顿许久，他又低低地对着父亲说，我是磕头卖了姓氏的人，回去祖宗们也不接纳。父亲的眼眶即刻湿润了，当年和弟弟们走南闯北的生存场景跃荡着，居无定所，食不果腹，生活难以为继。便是在灵宝的游荡期，一位刘姓人家看上小叔的勤奋踏实，跟身为兄长的父亲商量着纳他入赘。为了活下去，父亲一口应承下来。十九岁的小叔反抗强烈，踢打，咒骂，誓死不愿干对不起祖宗的事。是父亲，按着他跪在了刘家祠堂里。这

　　　　　　　　　　　　　　————命的门

个结，系在小叔心里五十年了。他不是不想回去，他是带着愧对祖宗的负罪感，将自己牢牢捆在他乡的土地上。他说，他要在这里成为自己的祖宗。

七

父亲凑近小叔，抖着口唇问，你还在恨我？小叔不抬头，也不作答。父亲的询问和劝导声声荡着，小叔只沉沉地叹气。父亲问得浑身发颤，凉意袭身，开始剧烈地咳嗽，喊冷，叫疼，喘大气，持续发出哼哼唉唉的难受声。小叔还是不回应。我们搀扶父亲进了小叔的房间，所见之处皆是药。小叔像猫跟在后面，轻巧、迅捷，随便抓起一些零散的药瓶跨至床前，将它们统统倒在床上说，看看这药，咱现在可不缺。又在其间乱抓一把，摊到父亲眼前掰扯，止喘吃这个，肺疼吃这个，胃不舒服吃这个……给，吞下去。吞下去就好了，不用水。他俨然一位娴熟的医生向患者保证一定会药到病除，又极像旧疾复发的父亲总在病痛无法解除的困顿中大把大把地干吃药。父亲歪靠在垫高的枕头上，半睁半闭眼睛摇头，小叔瞪大眼睛猛然昂头将药一口吞了下去。他跺着脚用自己的方法证明自己的真心，他是急切地希望父亲好起来。我久久地为着他吞下那把药而担忧，药怎么能乱吃呢？小叔又昂头笑了。他不顾病症，只认同样的生存环境造就了他们类似的病痛，他能吃，父亲也能吃。啊，那些年，病上加病，被生活追着全国各地到处跑，没有药吃，哪里有药吃呢……小叔定定地守在床沿儿，深一句浅一句地吐露心声。从前啊，不是人过的日子，现在是活在天堂里了。我不是怪你，我是怪自己的命。你还可以归乡，我是无颜面对地下的列祖列宗，回不去了……

父亲躺了两天，小叔寸步不离守了他两天。其间，他头昏目沉哼唉声声，不辨眼前之物、之人，自顾念叨着老四啊，老四呀。小叔翘首以待，巴巴地守着，时时应道，在呢，在着哪。父亲叹长气，愧疚自己没能照顾好弟弟，到了地下也得不到先人的原谅。小叔端汤水送热饭，言出皆是抚劝，人活一世，草活一秋，今生黄土已埋胸口，来世再做兄弟不分开；父亲侧卧床榻泪自横流，将所有期待化为沉默。小叔枯坐床前对话命运，把一切过往视作梦魇。呻吟与念叨，咳嗽和劝慰，辩驳及慨叹，激活、搅荡着过去的岁月，又于争论的顶端滑至平静。信念如磐，谁也没有撼动对方的心石。

四野无声，广袤的平原大地上，只有连成碧海的麦苗和菜花在蓄满了风的日夜里飘摇，动荡。

离开的时候，父亲和小叔互相挥手，大燕子哥哥、小燕子哥哥、燕妮姐姐一众人等和我们互相挥手。汽车越来越快地拉开我们之间的距离，带着我们眼中的热泪，穿过苍茫大地，穿过异域时空，电流一般，朝向生活的更深处迅猛前行。

来处

一本清风绿野的白边相册，宿命似的蜷缩在箱边、床底、屋角、柜顶……二十年了，我不去碰它，即便无意瞥见，也会立刻转身以抹去它的存在，像面对永远偿还不清的债务，又像在某个尴尬的时光里遇见不该遇见的人，沉重而负愧的，一个照面也不能打下来。然而，我又未能真正弃之，如同过去的人生烙进生活，痂去疤留。时间沉积愈教我懂得这道理：越是刻意回避，越是深埋心底。

看见它，心悸目沉，远去的声嚣充斥鼓膜，陈杂的过往又荡在眼前……

一

外婆准备下葬了，在她所有的儿女里，母亲是最晚到达的一个。

缺角儿的板车、我、襁褓中的弟弟，从未登门拜望的父亲，捎带着杂乱、贫瘠的家当，从无名的远方行来，像一艘旧船，应母亲的牵引，泊在了外公的院子里。那院子阔大，萧瑟而肃穆。残阳斜铺，有黑鸟儿在枣树上跳跃、聒噪，头戴白布的人移来晃去，私语，散开。一停下，母亲就

命的门

跌跌撞撞拨开人群，一头扎进了堂屋。父亲抱起弟弟。陌生人的眼睛和手探伸过来。我避开，从板车上爬下，循着母亲的足迹奔跑，瞬间淹没在哭丧的队伍里。

透过大人们林立的腿的缝隙，我看见母亲双膝跪地，哭。声音尖、细、悲恸，却抽丝般苍白无力。旁边的人也哭得悲悲戚戚，一会儿停下各处探望，一会儿起身去拿东西。有人给母亲戴上一顶拖地长的白帽子，又给我绑了白布。当母亲拉着我指地上道："你的外婆不在了啊！"哭声渐大，我才发现地上躺着的人纹丝不动，盖了半旧的牡丹花色被子，脸上盖着一张黄纸，不露一点儿肤色，零星的燃烧的纸灰在上面起起落落着。我和外婆从未谋面，但我从母亲那里多次听到她的慈爱。这次举家而来时，母亲还挥着舅舅的信对我说，走咯，外婆想我们了。想着外婆为我准备的笑容、礼物和在异地流荡的生活里无法获得的糖果，我快步蹿到外婆边儿上，紧盯她一阵发愣，伸了手去。我想看看外婆的样子，看看她是不是像母亲描述的那样和蔼可亲，也让她看看已经三岁的我，可身边的人不准我揭开外婆脸上的黄纸。

第二天破晓时分，众人乱作一团，唢呐悲鸣，鞭炮炸响，纸钱翻飞，鸦雀在林间腾跳，鸡狗睁大眼睛夹着尾巴横冲直撞，队伍排成长龙涌向旷野，一些已知、未知的事被人们拢进了黄土里——外婆就此消失。新生的太阳从院墙的玻璃碴儿上拱出半个脸来，院子里安静而干冷，只有枣子落地的声音，咚，咚，一下又一下，隔好久好久，又一下，那种你永远也不知道下一颗枣子什么时候落地的让人心悸的感觉一直伴着我，伴我走过漫长的和外公相处的生活。

就在那棵水桶粗的枣树下，外公搬了一把椅子坐着。别在外面了。他吸烟，捣弄着烟袋锅子，目微闭，话从松动的牙缝儿里漏出来，又不紧不慢地吐烟雾补充，把户口上好，分点儿地……微微开了目，却不屑于看父亲一眼，也不打算跟他起什么商量。母亲低头缄默，近四年的过往犹在眼前。十八岁，她逃婚，在外公不断传来"一旦找到，把腿折断"的消息里，和身份不明的人私奔，流浪，生子，从豫南到豫北，再到豫西、关中、陕南，那些寒意浸心的日子雨水般浇在头上……许久，一个犹豫而略显无奈的"嗯"字，使她又一次将自己的命运连同我们的一起交到外公手里。我在外公面前转来转去，瞧他视而不见，便靠了枣树不动了。这时，对面的牛屋传出闷响，一头水牛倒下了。它因为得了烂脚病不能站立而卧趴着把头伸到了门外，红着眼睛流泪，浑身发颤。我靠近，伸手去抚，那睫毛频频抖动，眼泪更甚了，竟像断线的珠子落在地上。大人们笑着嚷嚷，一头牛耕不了地，还要它干甚？于是，几小时以后，水牛死了，它的肉被人瓜分。外公仰着脸没有停顿地冲着父亲的方向说，把牛屋打扫一下吧，以后你们就住那儿了。

命的门

为什么不让我们住到堂屋的西间呢，那里又大又宽……我蹿到外公的面前睁大眼睛问。父亲一把捉住我，捂嘴，揪腿，将我带离他们的视线警告我，大人说话小孩儿不许插嘴。凶气，从他黯淡的目光里流出。第一次，我吃到乱说话的苦头。到晚上，仍要接受训诫。从前没有的，就在这时立了许多规矩来。可是啊，我不能想象，外婆走了，外公一个人住三间大房，他不孤单吗。这样的疑问，即便在父母那里表露一点儿，也会招致谩骂，呵斥，黑脸色。我开始变得小心谨慎，亦步亦趋，大人在场时绝不插话，该问的、不该问的都保持沉默。外公时常板着脸，冷的肤色，冷的语言，冷得带有命令、生气的表情，快要把他整个人冻住了。我一度认为，冷，是外公的底色。后来发生的事，使我转变了观点。

舅舅家的孩子常来外公这里，围着堂屋的柜子，挤闹着看他件件包包往外掏：红糖，白糖，馓子，麦油精……这些逢年过节姨妈家带来的吃食，将他们糊得满脸渣儿，外公笑得弯腰驼背，还不停地往他们的口袋里塞着什么。我一进门，他就拿了红绳儿绑起来。吭。他背着手，阴沉着脸，一声接一声地吭，清理他没有异样的喉咙。转眼，又笑着将哥哥们让到门外。在门口儿，一只旧桶的底子被敲掉，抽了两只铁环来，外公又拿铁丝，上下一摁其中一端，巧妙地弄出两个弯钩儿，只随意往环上一挂，一推，那东西便顺势滚动起来。两个大哥哥一前一后地推着跑远了。小哥哥留在原地，外公又剪了纸做风车，压了尖角，大头针一扎，摁在高粱穗下那一段光杆上，递到他手里，迎风转起来。哗啦啦的响声被小哥哥兴奋地踩在脚底下，忽的一下又远了。我盯着外公的手，真希望他也能为我变出一个什么玩意儿来。可是，他拍拍手，转身进屋去拿了烟袋，坐在门口的椅子上，一口接一口地抽起来，烟雾阵阵迷住了他的脸，没有再起身。

中秋节，枣树下，桌儿上的月饼又大又圆。舅舅家的孩子们又过来和我们一起。月亮倒扣着向大地泼银光，大人们说，快看，吴刚砍树了！我们抬头，那占了大半个月亮的大树底下，真有个人挥斧重砍，砍着砍着，眼见树歪了，他又丢了斧头去追鸟儿。乌鸦没追着，再回来砍树，树又站直了……笑声中，外公握着刀柄开始切月饼了。一片儿，一片儿，那诱人的红丝绿线的果仁儿馅儿外露着，惹得哥姐们纷纷探头去嗅。我不敢，只静静地等着外公分发。最后轮到我和弟弟，只剩得一撮儿残渣。弟弟捧起来舔食，我起身跑向过道，一个人坐在过道门外的墙角地上看月亮。

大年夜，隆隆的炮声里，哥姐们轮流给外公磕头说爷爷过年好！我和弟弟也磕了头说姥爷过年好！一起身，就看见外公准备分发压岁钱啦。他呵呵地笑着。五块的，五块的，就连已经上大学的大哥哥也领到五块钱。我和弟弟的，是一毛。一年又一年，薄薄的，窄窄的一毛钱，攥在手心儿里，折皱得形同废纸，沁沾了汗渍，又被我轻轻地摊开……

我到外面去，从邻居那里听到消息：父亲是一个无家可归的流浪艺人，操外地口音，据说来自南阳，和我们正阳相隔极远，连户口也没有，因与母亲的身份、年龄极不匹配而在外公面前低人一等。

　　可是我不能去问父亲。我曾问过爷爷奶奶的过往，只说不在了。再问祖上，父亲就瞪大眼睛，表情严肃起来。我赶紧拿了绳子、镰刀去割猪草。但我知道，父亲的确不擅长农活儿。他显老，多病而体弱，不会耕种、犁耙田地，就连收获季节里谷子打好了摊在场上，顺着风扬一扬也不会。可他有一身的手艺活儿，说书，唱戏，扮丑儿，敲鼓，拉弦，手风琴，绘画，漆术，女红，制作各种生活用品……方圆几百里，无人能比。地里的活儿主要落到母亲身上。母亲原也不懂的，她学医，辞了工作跟父亲游走江湖。回到母家以后，她和外公很少对话，只一味地驯牛、犁田、开拖拉机，从不主动对我和弟弟嘘寒问暖。

　　除了对一些事生疑而不敢问，对一些事好奇而又不敢做之外，我生活的唯一内容就是割猪草了。猪草背回来，却是牛吃得最多。猪牛长大了，卖了，父亲把钱恭恭敬敬交到外公手上。地里的所有收成也一样，它们的主人是外公。我们只是为着一纸户口借住在外公屋檐下的外地人、外孙子。免费吃喝，免费住，永无止境地劳作，奉养外公，没有报酬。随着时间的推移，我越来越多地知道自己与他人的不同。

二

为了插秧，人们用水泵把池塘里的水抽干了。塘底稀泥里到处翻卷着鲤鱼、鲫鱼和一些叫不出名字的鱼，村里人纷纷拿了鸡罩、网子去捉。我也提了水桶去。陷在泥里的鱼儿动弹不得，只需双手一上一下往内一扣就成了。我把捉来的鱼放在水桶里，已经捉到五条了。很是蹊跷，好几次，我在放进第六条的时候，总是发现里面又少了一条。最后一次，我仍旧捉鱼，只是眼角的余光一刻也不离开水桶，就见磊子伸了手。我大喊，他手上的泥甩我一脸。我们到岸上打了一架，谁也没有捞到好处——他把我的鱼倒掉了，我把他的也倒了，两人都哭起来。我右脚被他摔来的背上长着尖刺的怪鱼刺破，淌血，疼，使我不得不跳瘸着腿走路，后来知道那是黄骨鱼。他却哭得更凶，并用哭声成功引来他母亲，又一道儿去了我家。

大的欺负小的（就因为他比我小两个月）。母亲二话没说，将我揪按在地上劈头盖脸一顿打，只连着说，让你皮，让你给大人添乱，看你以后还敢不敢。头发扯在空中摇摆着脑袋，嘴角被撕向腮边，间或耳光震荡，火辣的疼痛遍布脸颊，我却无法摆脱母亲鹰似的大手。直到评理人走远，母亲才放过我，转身去忙别的了。捂着被踹疼的腿骨，我坐在地上哭，心里恼着母亲，却不能跟她再起什么沟通。

命的门

类似事件里，母亲必对着我使狠劲儿。她从来只听旁人陈述，绝不多问一句。我如她所愿地疏远身边人，尽量不与人发生关联，不起冲突，也不再渴求什么玩伴。为的是不给她添乱，母亲已经够忙的了。她总是小跑着，手里拿着工具进出田地、菜园、谷场、院落、房屋、灶台……我从未看见她闲下来，哪怕是一个人坐在什么地方吹吹风。

　　我努力压制自己顺服母亲，然而抵触依然存在，坏情绪像怪兽一样在心里冲撞，总是在快要窒息时爆发出来。母亲在灶上忙，我在院子里喂猪狗，又拿布袋装了玉米去喂鸡。去，去把盆里的衣服晾了。我于是踩了凳子一件件把衣服晾到绳子上。去，去打一桶水来。我于是到水井打水，打满了，提不动，又倒掉，小半桶、半桶地往厨房里提。她不停地支使我。我又不是神仙，我也没有三头六臂。厨房里响着抱怨。学会顶嘴了，长出息了是吧，去把扫把拿过来！她声音又高又急躁，我知道母亲又要打我。不拿。我憋着气把水桶扔在地上。母亲从灶下起身拿了烧得通红的火钳抵过来，你信不信，我用火钳按到你脸上。火钳晃在眼前，我动也不动。刹那间，我的脸如同火烧，抓心挠肺的疼痛使我就地打滚，捂着脸，我发出凄惨的叫声。父亲放牛回来碰上了，他把我揽在怀里，责备母亲，看看你把孩子烫成啥样儿了……

　　我为此很久不跟母亲说话。

　　午后，借着割草的间隙，我转到东坡菜园，去了外婆的坟前。带着左脸上深深的疤痕，坐在外婆的坟地里，我揪着甜酒草跟外婆说话。嗯，阳光多好，坡上的小花儿多好，外婆您也还好吧？可是我不太好呢，您看我的脸，被妈妈烫了，就这儿，从耳垂到嘴角，前几天还带着水泡，不能碰。现在已经结痂了。当时我就想，要是您还在，这事就不会发生了吧。唉，已经这样了。还是说点儿别的吧。三年过去了，我一直很想见见您。第一次看见您躺在眼前的时候，没能看到您的脸，您就像谜一样离开了。现在，您能看见我，我又看不见您。但是您可以托个梦给我对吧⋯⋯我揪掉细长的甜酒草，从上到下往外挤，甜汁渗出来，落在外婆的坟上。一支一支的甜酒落下去，外婆吃了，也一定会为我带来甜甜的梦吧。

寒冬腊月，舅舅家买了全村第一台电视机。人们围着看。我也跟了去。真是个稀罕的玩意儿啊，方方正正一个小匣子，装了无穷尽的人物，有声有像有情节，孙悟空会变，漂亮的白娘子是一条蛇⋯⋯转头已深夜，我赶紧揉着眼睛往家跑。闯了大祸般的感觉翻荡在心里，我瑟缩着身子靠近家门，推不开。敲了两下没有动静，就不敢再敲下去。门是不会为我而开的。风真大啊，它卷着枯草、落叶，像狐狸一样尖叫着穿透我的身体；鸡房顶上压着的胶布和铅盆应着风声落地，在持续的滚动中发出鬼魅的声音；外公所住的堂屋，无数只风的手伸进门缝呼啸出旷野的绝叫；黑影，枯枝，怪异的交响混织着将我逼进了厨房。窝在那儿的草堆里，我抱着自己熬到天亮。醒来，发烧，流鼻涕，头昏目沉，迷迷糊糊中看见母亲黑着的脸。她竟然没有打我，还把我抱到床上，喂了一碗热水。

又是夏天，日子糟糕得让人没有期寄。我唯一的弹弓也坏了。侧边的皮筋断裂，软皮包着石子再也打不出去。院子里晒着花生，小黑狗儿跟在我后面。以前只要有鸡子靠近，用弹弓飞个石子就成，现在怎么追赶都无济于事，它们多起脖毛也不怕小黑，硬是个个儿扑上来，没完没了。看看外公，他就坐在枣树下面抽烟，听收音机里的豫剧，眼睛不管事儿地看着西面的墙，偶尔手指点着大腿，晃晃脑袋哼哼着什么。我刚刚生出找他修一修弹弓的念头，立刻就打消了。

父亲是一把修补东西的好手，可他赶集去了。太阳快落下去的时候，我收了花生，准备到集上去找父亲。我曾跟着父亲去过一次的。从大人那里听得是八里路，但我觉得并不远，出村往北，大约左拐右拐几个弯儿的工夫就到了。

出门碰到小娇，无论如何要跟我一起上集。我们年龄相仿。她的父亲也算我的舅舅，和我母亲只隔着一张肚皮，同一个祖父的。舅舅在集上工作，条件算得上村里最好的，只是隔三岔五地因为工作不能回来。小娇就和她的祖父母、小叔、母亲住在我们隔壁的大院儿里。

甜甜的风吹着我们一路向北，从未有过的自由和惬意爬到脸上。我们牵手说笑，走在几天前被雨水冲出泥浆的、已被来往行人踩出明丽的小道上，嗅着青草和庄稼的清香，路过一处洼塘，惊飞了几只长脖子高脚的白鸟儿；路过两垅坯筑的大渠，在干涸的渠底草丛里看见几只灰杂色的野兔钻来钻去；路过两个村庄，有家狗追上来……我们加快步伐，不回头地往前赶，绕过一座青砖垒砌的鸡场，终于看到两旁立着白杨树的水泥公路。那就是集上！我们同时脱口而出，飞奔，沿着阔大的公路找寻各自的父亲。摊位收了，道路两侧的门店也大多关闭，稀稀落落的几个人在夜色渐浓的街上晃悠，集市早已不是原来该有的热闹样子。但我仍旧不甘心地走完父亲曾经带我去过的摊位和药店，没有。小娇也没有找到他父亲工作的站点。之后，我们决定回家。

月光照在明晃晃的小路上，我们踩着来时的脚印匆匆忙忙往回赶。

在村口，我碰到迎面寻我的父亲，原来他早先一步回到家里，只是我们没有遇上。他牵着我，低声说，唉，静娃儿呀……你只怕是要遭罪哩……那时候我还不知道他欲言又止的零星字句里的含义。很快，村里的吵闹沸腾出来。长一句短一句的质问和责骂针对着母亲，是小娇奶奶的声音。母亲没有回应。想着村人平日惧她，外公也从不惹她，我的步子变得小、慢，且沉重起来。可是父亲一把将我拎起，三步两步就到了家门口。

全村人的目光聚集在我身上。

　　　　　　　　　　　　　　　　　命的门

你打不打！今天不给我一个交代！你们明天就滚！小娇奶奶气急败坏，声音像箭镞。我看见母亲拿了木棍直奔而来。惊慌失措中，我发抖的身体应声倒地。叫喊，永远赶不上棍子的速度，那用力挥舞的木棍，带着积蓄已久的力量，报复似的落下。背上，手上，腿上，腰上，肩膀上……疼痛把眼泪拽出来，不许人站立。哭是唯一的缓解。缓解痛和恐慌，期望棍子放慢速度。没有更慢，只有更快。母亲对我从不手软，随着腰背处腾起的剧痛，手腕粗的棍子折飞两处。我趴在地上，虚弱的央求像气泡冒着，妈，别打了……母亲气喘，掉头。我看到父亲双手抱头蹲在墙根儿也不看我。打！给我继续打！娇要丢了，你们全家抵命也赔不起！尖锐的叫吼响荡。母亲的竹竿又扫过来……我贴着地面，周身疼痛，哭是奢侈，干枯的嗓子再也叫不出声音。我是没有明天的人了。抹去身上的血渍，我怔怔看着自己的双手：血液在上面，灰尘也在上面，伤痕在上面，竹竿又落在上面……忽然眼前一阵发黑，我栽倒在地上。

可怜……才七岁的孩子啊，你们怎么下得了手……苍老，颤抖的声音靠近，枯手抚着我的脸，有液体跌落下来。在全村，亲人占去一半的十六户人家里，这是唯一为我发出声音的人，后来知道她是邻家八十多岁的老奶奶。声嚣骤停，时间凝滞。当人们散去，父亲将我抱回家放到床上，拨亮油灯。深深浅浅的伤痕赫然，衣服粘连着皮肉浸染出殷红的血渍，清理如此艰难，他哭了。全家哭成一团。哭我的，也哭他们自己的命运。

我从此失声，抗拒进食，月余时间躺在床上，瞪眼看着人生无底的黑洞。

一个蝉鸣四起的午后，我拖着伤残、倦怠、颓废的身体，又一次去见了外婆。人世博大，只有外婆带着慈爱，只有外婆的坟前可以倾诉衷肠。秋蝉喳喳，蟋蟀啾啾，白杨树叶在风中莎莎啦啦，我是一名哑者，一名无论怎么蠕动喉头也无法发出音色的哑者。跪在外婆坟前，我祈求外婆把我带走：外婆您看到了吧，我是如此失败而糟糕……得不到认可，也没有朋友。现在，连话也不会说了……嗨，亲爱的外婆，您把我带走吧。把我带走。去到您那边，我要当一个快乐的小尾巴。

夜幕低垂，不知是谁的手在天上撒了几颗小星星。我独自一人步步为营，走向东坡的窑塘——人们称作"鬼塘"的地方，所有夭折孩子的安放处。就是这里了。四野无人，星光散漫，窑塘的黑水是我最好的归宿。跨过水草和菱角的蔓藤，我把自己浸到水里去。黑的水，黑的夜，黑的眼前，迷蒙的光晕里裹着一张模糊的笑脸，啊，外婆来接我了……

睁开眼睛，我又回到无法选择的人世：母亲跳叫着拍打床梆，疾言厉语数落我的不是。原来，一个返家路过窑塘的南村赶集人将我捞了起来。

————————————命的门

三

春天开学，父亲领着我去了学校。他积极地跟老师握手，面上带笑，点头哈腰。我被安排在教室的中间一排，看老师在台上点着字形张大嘴巴欧欧啊啊，听同学们响着热情地跟读，心里鼓声四起。下课铃一响，他们便蜜蜂似的围过来问父亲是不是我的爷爷，为什么现在才来上学，还有人问为何没有听到我跟读的声音。来不及拿走课本，我掉头就跑，一个哑巴怎么能和那么多会说话的孩子混在一起呢？

虽然不能说话，但是你还有听力。在学堂上，即便不开口，也能学点知识的。我那时没法儿，没有上学的资格，连识字的机会也没有。你不一样啊，这是九十年代了。父亲追到坡里跟我一起割草。我捂起耳朵，起身换到别的地方。他跟过来，我又换到另外的地方去，直到他起身回家。我坐在地上看天空忽变的云彩，用镰刀在空气中比画它们，想我的人生原也是可以变一变的，现在没有机会了。

与父亲同处，我常常在沉默中听见他念叨：娃子这样下去不行啊，眼看废了。他不是跟母亲说话，也不是跟谁倾诉，他是随时对着天地作揖，求神灵开眼。后来，父亲消失很长一段时间。再见他时，带了一位发须长而灰白的老人来。那人身着对襟盘扣黑棉布马褂、肥裤子，轻轻地从木箱里捣鼓出针针罐罐，隔三差五对我的手腕进行按摩，时有针灸。开着药，偶尔有"通里穴""灵道穴"等字句冒出来。每一次收好家伙，活动着黄褐色的瞳仁，他都会定定地看着我说一句，会好起来的。语气轻柔，绵软，如一片洁净的羽毛。

真正好起来是在初秋的一天，坡里疾风强劲，云朵在天空泼墨，白的灰的交叠着，忽然又被谁的大手抹掉了。霎时，乌云翻滚，雷声轰隆。牛儿不听话地去拱别人的黄豆。我从草地爬起，飞奔过去竟喊出一个响亮的"嗨"音，可以随心所欲讲任何话。失声长达十一个月零七天，语言之神再次垂临。八月十九，这个盛大的节日。泪水，是我表达欢欣的唯一途径。

我又回到学校去。

临近寒假，老师在班上点名催交学费——十七块五毛。从七名之一，变成三名之一，最后成为唯一的未交者。回到家里，我唯唯诺诺跟父亲汇报。他再一次去找外公，堂屋里传出争执，父亲很快灰头土脸地退出来，唉声叹气，让我再等等。然而低头的一瞬，他注意到我脚上的水鞋——层层叠叠的红、黑色补丁，二十几个瞪眼张嘴似的瞅着他，其中一只前端侧边又裂开了缝。脱掉鞋子，没穿棉袜的脚趾带着冻疮暴露出来。父亲拿走它，未动修补的工具，而是又一次去了堂屋。

父亲进一步和外公理论。学费没有，买一双鞋袜的费用也没有。我第一次听到父亲的声音大起来，激动像魔鬼在脑中冲撞，两个人不可避免地爆发了争吵。外公把父亲轰到门外，站在院子的枣树下，他双腿颤抖，指着父亲破口大骂，地主羔子，我后悔当初没叫民兵队长找到、打死你，不是我收留，你一家大小根本没有容身之处。父亲打了趔趄站定，瞪着眼睛反驳，就是心怀感恩，才一切唯你马首是瞻，一切收入归你所有，一切事物任你决定。可是你，一切付诸儿子、孙子，我从未动非分之想，但我的孩子也要长大，需要用钱的地方，你是不是也该考虑一下……父亲大段的对白，将外公噎得无言以对。到晚上，仍恭恭敬敬将酒菜端到堂屋的方桌上，他跟外公赔了不是。

父亲回到小屋，坐在打倒的小木凳上气喘吁吁，手微微抖着伸进贴身口袋里去拿药。我连忙端了水来，爸，我恨外公。看着外公的跋扈，我为父亲抱打不平。你这孩子，咋能这样说话！父亲的手捂在我头上，眼睛瞪得大而浑圆，腮下灰暗的胡茬儿颤抖着。他是你的亲外公啊，他给我们住处，给我们户口，给了我们一个安定的家，还给了你学上，你要懂得感恩啊。你知道我是怎么过来的吗，你爷爷奶奶很早就走了。五十年代，我带着两个弟弟四处奔波……三十多年餐风露宿，啥样儿日子没过过……我把目光放在小屋温暖的床上，咬着嘴唇不说话了。

大，孩子大了，我也很艰难。咱把土地分开吧。再晚一点，母亲带着我和弟弟跟外公开了口。大，您看，孩子们大了，他们要长啊……父亲接过话茬儿继续恳求。外公的情绪明显起伏着，口气决绝且态度坚定，一直到深夜，总算答应退出我们一家四口的土地所有权，他的那份依然由我的父母代劳，所养牲畜改为五五分成，奉养的事不变。夜间，挤在床角睡觉，我听见父母辗转反侧谈及外婆的遗愿，为着那点儿争取而来的权益沉重地舒气。

贴着四十亩土地生存，一种脚踏实地的感觉使得父亲更为积极、乐观。他学播种，锄草，施肥，摇手扶拖拉机，收割，扬场……起早贪黑，似乎比从前卖力。母亲忙到没有时间做饭，睡眠是薄薄的五个小时。我在课堂、土地、猪牛鸡羊之间穿梭，踩凳子到锅边煮粥、下面，当父母能用的一切帮手。年幼的弟弟也加入进来。庄稼仿佛受到感召，拔节生长，谷粒像吹了气的小球儿鼓起来；牲畜通灵，肥壮而健硕，奔跑如风，只听家人的使唤。然而，丰收在望，不只是为了填补一个风雨飘摇的家庭苍白，更是成功引起了旁人的注目与觊觎。

当玉米结出棒穗，谷粒开始膨胀，隔三差五总有人为糟蹋的痕迹，一片又一片。丢在地上的，不翼而飞的。成熟是一种奢望；是等不到棒槌泛出金黄，它的母体已经全部成了光杆儿司令；是父亲望着光秃秃的秸秆，双手捧着空空的风，跪在地里，声泪俱下，一年的辛苦白费了。

当番薯露出黄昏的地面，父亲用它的蔓藤遮了又遮，盖了又盖，石头一样坐在地角守到天黑，待天明来收时，只剩下被人翻刨的狼藉，一夜之间，一个也没有了。收获，近在眼前，又远在天边；是懊悔伴着气恼在胸中激荡，欲哭无泪；是瑟瑟发抖着身体，把追问和找寻摁进肚里，小心翼翼祈祷别的谷种安然无事。

当稻谷被收割、打场、扬净、晒干、拢起、装袋，堆叠进自家场棚，还未运回家的前一天，有人放了一把火，连场棚也坍塌下来。凶猛的火焰咔嚓作响，全村最好的稻谷顷刻间面目全非。原本尖细、洁白的米粒，变得短、粗、黄而挑着两端的黑头儿，狰狞，怪异。不忍直视，无一幸免。待等火灭，一切为时已晚。求证了肇事者，整整一年，母亲奔走在索赔路上。无果。很长时间，用焦米煮制的饭粥，如沙粒般生硬、苦涩而硌人的味道，嵌满了生活的褶皱。

收获季，没有劳力的家庭通常落在后面。地之交界的邻居会抢先一步将手和机器伸过来。有时是谷物，有时是连带土地一同犁耙过去据为己有。一点点，一垄垄，一年又一年。没有评理的路径和资本，质问会带来新的灾祸。我们唯一能做的，便是——眼睁睁，眼睁睁看着它们流失。

仲夏夜，邻家有喜，请了人来放露天电影。十里八村的人蜂拥而至，姨娘表舅表叔的也提前来到家里。外公手拿蛇皮袋子，笑嘻嘻打开西屋粮仓，将他们让进去。小麦、稻谷、芝麻、留作种子的花生、大豆……响着进袋的欢腾。一袋，又一袋。我飞奔到田里去喊母亲。回来时，东西已经扛走了。瞅着下沉的穴子，母亲低低地责备外公，大，不止一次了，这样下去，我还怎么活？外公不说话，只一声接一声地吭，像个感冒的人，吭着吭着，走出去了。母亲从堂屋退出来，嘤嘤地啜泣，坐在小屋的床边，把头扭向靠墙的一端……

十二岁，四年级，我参加初考，以全校第一的成绩考入初中——隔级跳，历年来，我是第一个。老师和校长纷纷来家里道贺，又组织春游，给了我全校唯一学生代表的机会去看了外面的世界。去嵖岈山，确山，竹沟小延安，无论在景区还是路上，人们微笑着点头说话，礼貌地打招呼，文明、礼让又谦和……那是我从未见过，也无法想象的清亮、纯明的世界。

开学的前一天，父亲把牛牵到集上卖了。

傍晚时分，哥哥到外公那里拿了钱，又来向我母亲借。那从来以借为拿的。一次又一次地靠近盘剥，掳走，在母亲心里翻着浪花。她沉默良久，终于说起父亲的病，我的学费来。他双手抱臂站着不走，歪着头，思谋一会儿，冷笑出声音，直直盯着她搓洗衣服的双手道，姑姑，不是我说，你也不好好想想，在这儿，你不借我能行吗？

天快黑了，我和父亲守着四面透风的小屋。他拿薄膜、碎纸、稻草团往墙缝里塞，吩咐我打下手。许久，长长地叹了口气说，兄弟不和，叔侄欺；叔侄不和，外人欺。像是自言自语，又像是对我说。我睁大眼睛终是懵懂。他停下堵墙的手，洗擦干净，转身拿了学费交到我手上，眼睛里闪着若有若无的希望：静娃儿，你就要到镇上去了……唉，你快点长大吧，快点长大……难掩的无奈爬上他的额头，他弓着身子坐下来，用双手捂住耳朵把头埋进怀里，陷入了长久的沉默……

蓝天白云下，清风绿野间，舞动的蜻蜓、蝴蝶不知何时失了翅子，尘灰掩盖了草地和溪流，轮廓残存，相册上仅剩鱼鳞的碎片逐帧排列。我用毛巾蘸水擦拭，没能使清丽的样貌复原，却从时间的无尽寒崖里擦出一团暗黑，其间人物更是随着年轮的碾磨而面目模糊了。

随手一翻，外公的照片就跃入眼帘——他穿深蓝色中山装，头戴一顶同色红军帽，背微驼，嘴巴塌陷，混浊的目光现出平易的喜悦。我站在左侧，笑着一只手顺势搭在他肩上——曾经一米八九的外公，不知什么时候，被岁月按得矮我一头了。照片的落款是二〇一二年。这是我在深圳历时十年回去，用相机拍的和外公唯一的合影。犹记得，九十岁老人久坐檐下苦等的场景，我一到，他就起身迎上来，颤颤巍巍握住我的手，频频点头微笑、努嘴，似有千万般话要说，却只露出仅剩的几颗牙齿错乱地碰撞着——十年出走，十年不见一面，他开始对我亲热起来。然而这次，我把父母带走，他便跟着舅舅们一起生活了。二〇一四年，平安夜，外公生日宴上，电话里，密密匝匝的人们争吵着，舅舅和姨娘的声音此起彼伏，有碗碟碎在地上。外公在那头儿发出哀伤的追问，静儿他爸，静儿他爸耶，你还回来不……你们还管不管我呀……言语断成碎片儿，哭声混在饭菜里。不料，第二天，竟离开了人世。我因工作无法脱身，父母亲连夜赶回去，在大雪纷飞里安葬了他。二〇一六年秋，和家人同回故里，我特地去拜谒了外公，外婆左侧的坟茔是他最终的归宿。站在他们的坟前，想他该和外婆汇报过我的情况了：长大，独立，过上了期望的生活。又想着他从未像临终的前一天那样感念我们所在的时光，我泣不成声……

从外公的坟前返回，我们又去拜望小娇的祖父母。毕竟是长辈，我们该去看看的，父亲督促着在前面带路。诚如我所不知的：多年未见，小娇奶奶竟瘫痪在床三年了，子孙们东飞西落，仅留她和丈夫相依为命。我们的到来，为她孤独寂寥的生活注入了一丝涟漪，她努力地想要抬头，却只是歪了脑袋翻着眼睛道，小静爸哟，你咋来了啊？继而她惊喜而缓慢的目光终于搜寻到我，这是小静吧？说话间她全身僵硬，手脚均不能动作，只梗着脖子，泪水无声。好，多好啊……我做梦也想不到你们会来……想想过去，唉，那时候……我不该……不该那样待你们……父亲苦笑着靠过去拉起她的手，阿娘，都过去了，不提了，您好好养着哩，早点好起来……谁料，半年后，他们夫妻二人便双双离世了。

去舅舅家的路上，一个外形黑瘦的男人扛着锄头，带两个孩子出现在村口。大的十六七，小的也有十来岁了。快到晌午了，他们准备去锄地。父亲就小声告诉我那是磊子。我下车喊住他，从后备厢里拿出两包礼品来。磊子好，这是给孩子的见面礼。你是？他愣着，一只手摸在头上。我说名字，他尴尬地笑了。又聊起两个孩子来，大的初中毕业了，成绩很不好，就不上学了。小的也不灵光，哥哥不上，他也闹着不上了。我这会儿带他们去坡里锄地，要是能干得了庄稼活儿，不上就不上吧。磊子的笑，干瘪，无奈，有着对命运的屈服。他早已不记得用黄骨鱼将我刺伤的事了。在东坡窑塘那次，恰逢下雨，我摘了荷叶挡雨，他一把夺去，我再摘，他再夺。忍无可忍，四下荒芜里，我拿了半截青砖终于向他脑袋砸过去，那是一次不管不顾、要置他于死地的回击。奔跑中，砖头落在他腰间，他倒地嗷嗷叫了半天起不来，我警告他，再有下次，我让你永远没有下一次。他真的就此屈服了。这件事，他也不记得了吧。从后视镜里看着他和两个孩子远去的背影，我心里真不是滋味。

再翻相册，母亲的照片露了出来——短发，通身穿黑色的衣服，眼神黯淡，充满苦难。她的打扮从来都是老气横秋，才四十出头的年纪，就让人看不到希望。在我的记忆里，她从未年轻过，总是一味迁就父亲，衣服从来是黑、灰、靛蓝、藏青等深色，亮色的服饰从来不碰。村里人所说的她十八岁的样子：两条齐腰的辫子，明眸皓齿，十里八乡的媒人上赶着，就连一张照片也没有留下来。她总是在外公面前低眉顺眼，忍下无数难忍之事，对着土地干仗，将所有委屈、不满发泄在孩子身上，又在外公谢世以后哭得最伤心悲痛，最无助绝望。仿佛对他，她有着无尽的愧疚，每每提及，总是潸然泪下……

再翻下去，父亲枯瘦、多病的脸戳中我的神经。那弓着的腰身，一辈子对身边人感恩不尽的姿态，卑微，隐忍，曾使我气不打一处来，在二〇一九年他去世的前几年里，我们之间的斗争之激烈达到顶峰，直到他带着不解永远离开了人间。

多年过去，紧握这不能示人的枯黄，翻卷它们，咀嚼自己的来处，我蜷缩着，仿佛看到了过去的自己。我弯下腰一遍遍抚摸它们，一点点沉入它们。我攥紧拳头迎接如潮水袭满胸腔的疼痛，在时光倒流的无尽荒芜里满含热泪。忽然有天使般清亮的声音响起：嗨，亲爱的，过去的你其实不是你，那只是你的影子呀。

确山渡

一

一间茅草搭建的小屋，沿西墙南北放着一张木床，东墙靠北垒着一口锅台，靠南是灶台门脸和放柴火的地方，灶台和木床之间的北墙上挂着一个斑驳的油漆木箱，南墙正中和侧边是小屋的门和一扇木条隔制的小窗，我总是一个人睡在这木床，直视顶上横亘的屋梁，听吼吼的风从门窗灌入，"嘭"一声撞上北墙摔下来，不动弹一下，就销声匿迹了；抑或，我又总是在小屋门口爬来爬去，看满塘残荷枯败，听孤鸟惊鸣，哭一降生，风就卷尘入口把它断了。这周边没有人家，只盛产风——那远处立着的一排白杨便是招风的幡子，再远处，天地混沌，四野萧瑟；抑或，我又总是化作小小一团，卧于黑漆、冰凉的泥地，有血水浸漫上来，伸手一摸，沾染一掌猩红的粘稠，然后扯着嗓子哭喊，旁边全是腿，没有人蹲下来……多少年了，这场景错乱、频复地出没在我脑海，像记忆，像梦境，又像记忆洞穿梦境，梦境潜入记忆叠合，扑腾，卷卷荡荡，我从未分晓。

昨夜，它又扑来。残荷在风中鸣咽，池水翻荡，鹤唳乍起，我躺在小床上，风把门撞开，油灯灭了，杂屑飞扬，我瑟缩到墙角，捂眼坐在黑暗里，壁上的油漆木箱咚哐咚哐，咚，哐哐哐……醒来，拉开帘布，硕大的月亮斜挂着，鳞次栉比的楼宇曲折到无穷的远方，野风打过，楼下的树木胡乱点头。松白公路像一条从不休憩的活跃地龙，背驮啸啸而行的车辆，伴着暗夜里永不熄灭的灯光，一头抵至深圳西部的松岗桥底，一头延伸到四十八里开外的白芒关口……

早上看书，它又来了。血水汪汪的泥地上，有婴孩在哭，歇斯底里的，跌落人世的惶恐和不甘，伴着诅咒、议论和拍打。周边满是人，却看不清楚脸，影影绰绰地出现，又隐去。混乱空茫的水雾升腾，屋子在转动，天地都装进旋转的涡底，眩晕，迷惘，绝望，纷至沓来。人们的声音像篙划过湍急的水面，仿佛篙人掉在水里了，只有篙在水面随波扑打的最后声响……这是字里行间铺陈的画面吗？我揉了揉眼睛，不是。它从心底喷涌而出。合上书，挺直肩膀，我正对白墙，在束手无策中送走两个小时。

疑问，是看不见的多面手，黑夜白天，它抓扯我。疼痛、不安和恐慌，步步紧逼……不能睡觉，无法工作，烦躁、压抑、焦虑，交织缠绕。走向阳台，我看见母亲先我一步立于葡萄树下——那里居高临下，视野开阔，小半个深圳西北部、整个东莞，乃至更远的北方都尽收眼底。遇到疑惑时，我总喜欢去那儿站一站的。

是该回去看看了。母亲从低低的声音里压出这句话，带着力，眼睛里伸出的钩子越过眼前低矮的楼宇，越过东莞长安那片灰褐色的山峦，越过湘鄂大地的绿野江河，探向遥远的北方。她是在说父亲的老家淅川吗？父亲葬那儿快两年了。每年清明，弟弟都提前从深圳跋山涉水回叔父家里暂住两天，以便去父亲坟前尽孝。可眼下，清明刚过不久，母亲没有理由陡然起意去一个她没有生活过的地方，即便跟我们一道回。葬礼结束时，说好三周年回去还孝的，也还不到时候……她是在说她的娘家正阳乡下吗？那个我们共同生活多年的地方，现在虽然销了父亲的户籍，但母亲和弟弟的还在那儿。自打外公去世，房屋坍塌，母亲就鲜少提及回去，偶尔回去，壮着脸面在亲人中争取那些被占用的土地，也只是提一提而已，已经没有栖身的地方了……三岁前，我跟着父母转场似的变换居所，从未有过固定的支点。那么，母亲所谓的"回去"，究竟是回哪里？

我靠近母亲，轻触她，生硬地唤了一声。她一动不动，目光探得更远了。我把眼睛顺过去，在记忆与梦境的交织中，草屋、木箱、荷塘、鸟鸣、血渍、响风……珍珠似的脆响，一连串落进母亲的耳朵。母亲突然转头看向我，像是有秘密外泄，那瞳孔迅速集结成点，放着锐利的光，盯我好一阵子，终又松下脑中那根紧绷的弦，浊了眼光喃喃

————————————————— 命的门

道，怎么可能？你还那么小，怎么会有记忆呢，你不会记得的。她收紧面孔，又把头扭向北方，目光渐渐伸进我所未知的世界。不知过了多久，广发，有发，德发，二妮儿……这些带有温度的名字积存三十多年从母亲口里掉了出来，像风中摇摆的果实终于落到归处似的拼凑出一串规整的字符——河南省驻马店市确山县留庄镇崔楼村小郑庄。

二

细雨落进干涸河田的记忆，润出生命的过往。那些我走了太过久远而遗失的地方正幻着七彩的神秘之光穿透纷繁迷离的井市尘埃，一丁点儿，一丁点儿，甘泉样冒了出来。

三岁时，我随父母从外地迁至外公檐下，后来的事大都历历在目，却从未知晓，这个所谓"外地"会跟确山有关，且当初护送我们搬家的，就有个叫德发的叔叔。啊，他长脸，黑瘦，中等个子，理着平头，耳朵孤傲地嵌在两鬓陡峭的绝壁上，额高而亮，眼睛奇大，路走得稳健有气势，说话大嗓门，唱曲儿朝天吼，常逗得人前俯后仰。他从架子车左前拉出麻绳儿勒在肩上，倾身给掌把的父亲加力；他用卷纸卷起大叶烟丝点燃它，在歇脚的时光里吞吐烟雾大说大笑；他抱起我到路过的集市去买"大白兔"奶糖，还有一只印着红扶桑的小拨浪鼓；他就那样从天黑到天亮，从天亮到傍晚，蹚过昼夜的秋寒，直陪我们走到正阳县乡下外公的院子里……

二十世纪五十年代，父亲年少离家，足迹遍布大江南北，所涉地名无以详计。即便追忆往昔，也只是简单勾勒事件里的人物及情节，地名则常常在他的叙述中模糊掉了。于我常常是拿来当"猫话儿"听的，从未对他话里的人事进行追问和探寻，仿佛都是些与我无关的人无关的事，便由它碎在风里了。

可是父亲并非没有提过确山。

九岁时，星期天晌午，家里来了个泥瓦匠，父亲到坡上去叫母亲，我们丢下农具奔到菜园。摘完菜，母亲却犯了难。莫说离集上太远，就算近，又能怎样呢。几毛钱的百喘朋、氨茶碱，父亲都省着吃——日服三次的变两次，有时候连药丸数量也跟着省下去。我看见父母在墙角一阵嘀咕，两只很小的公鸡儿就命赴黄泉了。酒是最廉价的二锅头，父亲拿起几次掂量掂量又放下，终于还是摆到桌上了。席间他们吃酒划拳，父亲起话时还偶会夹带一句"在确山的时候"，话语里笑声豁达，保有江湖人士的豪迈，仿佛提起一件多么辉煌而叫人骄傲的事情……我又听到，那人来自确山，三十好几了还未成家，农闲时经常行南走北干些泥瓦活儿……啊，谁能想到，他就是那位护送我们搬家的德发叔叔呢！

后来父亲还耿耿于礼节上的疏漏——唉，临了，没有香烟……好容易弄两根黄金叶，追到村口去，又被德发扔地上……唉，酒也不行……明显的遗憾和愧疚刻在父亲脸上，已经是远到千里之外的深圳了。前些年，父亲病情加重，已经不能出门时还盯着酒柜发呆，偶尔会叹息，这要放在以前多好，要是那时候能有一瓶这样的酒……多少年过去了，我没有再见到这个叫德发的人。

是该回去看看了……母亲从远处收回目光，眼里的钩子渐渐隐去，莫可名状的茫然爬上眉梢。唉，你弟……她盯着老葡萄藤，右手扶于其上，拇指不由自主地往里抠，还没说完的话到底又被她咽了回去。我把眼睛顺过去细细打量——这株已经种了六年的老葡萄树是父亲从花市扛回的，那时候枝叶间还东摇西晃地挂着几串未熟的果子，依旧是天天浇水，定期施肥，小心看护，也曾翻着叶子去捉虫，到底没有如数如意地长成堆。一阵秋风打过，果子散落一地，我在一片狼藉里收拾残局——打从去年春起，它就不会发芽了。

早该回去看看了……我做个很微妙的手势，正向母亲，眼睛里闪出一丝质疑。质疑如电流，生在来不及掩盖的耳目中，"嘭"声散开，绝无撤回的可能。我刚意识到这种发于母亲的自觉情愫，从旁观者那里放大出来太过不合时宜时，就听见辩驳响起来。如雷般滚滚，带着沉重压迫，一种不认同、被质疑的辩驳盖过来。我低下头，心里阵阵发紧，无数生命不能承受之轻涌上来……

二十世纪八十年代，我在确山出生。一位五保老人死后，我们住进他荷塘岸边的独间茅屋。彼时的社会安定、守旧，杜绝盲流。鄙夷，提防，驱逐，充斥着流荡人的生存。然而那里的村民并非如此。茅屋虽小，又距村偏远，却彰显了全体村民对我们的接纳和信赖——在父亲走南闯北贩卖手艺的日子里，他们对我们照顾有加。当母亲随父亲外出行艺，我得到他们的轮流照看——吃百家饭，得百人抱；当"计划生育小分队"前脚收走我们的家什卖给村民，后脚他们就嘘寒问暖地还回来；当得知母亲于某夜受到惊吓，广发叔、二妮婶更是主动邀请我们一家三口住进村子内部，他们的青砖瓦房里——原本为有发、德发两个弟弟建造的屋子，便腾了一间给我们，他们两个兄弟住到一块去，直到我弟弟降临人世。依傍着广发叔的扶携和那儿的善良村气儿，父亲带我们度过了他远离故土之后三十年里最安稳、温暖的三年。

三

深圳大地被六月的烈日烤得滚烫，仿佛刀尖儿一触，就能炸开无数裂口，人行其上，便能听到皮肤烧灼的声音。高

命的门

温持续升腾，热浪在空气里翻腾，知了趴在树梢卖命地叫，仔细听，仿佛是被日头晒得受不住了，那是一种歇斯底里的哀嚎。头戴遮阳帽的环卫工躲在树荫处，洒水车奏着枯调子爬，除了在水线的作用下偶尔腾起一些细微的烟雾，路面仍是一如既往地干烫着。绿化带里，成排的夹竹桃斜抱成团抵挡阳光的毒射。路畔，高架桥侧，十字路口的安全岛上，红粉紫的簕杜鹃也失却从前的气焰，三片莲花瓣合围得精疲力竭……目之所及，所有一切，一如我满怀心事样被现实击沉了脑袋。

新冠疫情拖长尾巴已卷走两个年轮，人们依旧每天核酸检测，整座城市，仍未回归正常，无论何时有人外出，也只是为了采买必需品；我心里也仍然打鼓似的战战兢兢，然而我还是决定要回去一趟，哪怕冒些风险。于是收好行囊，抽身烦琐，我便携同母亲、弟弟踏上了归途。

从深圳的西北门户穿上去，便是京港澳高速公路。这是一条老路了。十七年前，我沿它而下，蒙了眼睛般四处谋生，也曾饥肠辘辘无处安身，也曾横下决心誓死不归。那时候，我是多恨自己的出身，恨那一场又一场的毒打、那一个个面目可憎的人，甚至恨母亲不该把我带来这世上……这老路又是陌生的，这些年，我把根一点点儿往深圳的土里扎，须子刚刚泛白，便如同弃了老家一样弃了它，走得少，就觉得它陌生，陌生而新。陌生里面对它，带点儿刚强的自傲，仿佛从未走过，也否认得理直气壮。新里面对它，又可以自负到背离，就像背离那不堪入目的出身——我终于斩断它们了。可这路认得我，就像它认得每一个经过的人，每个人身上的气息；那出身也认得我，它一直潜伏在体内……当我终于陪同母亲从中原再次沿着这条老路而来深圳时，她紧盯窗外自顾自地说，要不是你，我看不到高桥架在长江上，看不到列车洞穿隧道，看不到鸣笛起锚的汽船驶离海港，看不到亚热带地区这遍地的香蕉林……我们互为包袱，就像她没有丢掉我一样，我也没有丢掉她。

可心里到底梗着一根刺。一来深圳，我就通过朋友把母亲送进工厂，让她体会她曾经对邻居轻描淡写说她女儿"做两把手活儿是如何轻松"的辛酸；不喜与人交流，我便特意开个铺子给她看，推搡她跟顾客打招呼，用事实告诉她：深圳没有一个闲人，每当看着她战战兢兢上前又退回的样子，我就打心里痛快；安静的夜晚，我曾在洁面后，将左脸上清晰可见的烙痕示与她，你看，这是你当年用火钳烙下的，长长一条，现在还很清楚……她总是立刻跳起来，恼怒里伴着呵斥，用她的诸多辛苦掩饰对我的伤害。这时候我总是"砰"一声关上房门，对她的恨又多上几分。这天下，哪一家父母养孩子不辛苦？难道辛苦就能成为他们伤害孩子的理由？后来，我常常有意无意把手上、腿上的伤指给她看。

她不说话的时候，我心里会好受些。但这种情况极少。于是，我心里的墙就筑得更高，我们的关系就更加僵持，总觉得彼此欠着对方什么。

路上的汽车稀稀落落的，慢腾腾像缺少朝气的少年，失了上升、奔腾的锐气，我却是用了利箭的速度在跑——我要把积存三十四年的无知无奈跑掉；我要把从正阳乡下到确山不足两百里却一次也没能回望的遗憾跑掉；我要把从深圳到确山的三千多里路、连同父亲生前的尴尬和渴望一口气跑掉。然而当汽车越过广东关卡，越来越靠近目标时，我不得不考虑：确山的那个村子还在吗？是否和别村合并了？是否在城镇化的推进中已然无迹可寻？近十几年里，我曾回过正阳乡下，村子早不是原样儿了。但我离开确山的时间更长，长到除德发，再无一张具象的脸能进入记忆……我在心里默念那些名字。这些年，我们没有走动，没有书信，没有电话，也没有知情的中间人，谁知他们而今怎样呢。

惆怅渐浓，终于遮蔽了眼前的路。在镇上，导航彻底失去作用。问路，人们挥手摇头。说名字，也没有荡起水花。抬头看天，天空灰得不够做一件水手的白裤子，不大一会儿，就有雨豆砸下，行人四处躲闪。我们进了一家面馆。倘若母亲没有记错，怎会无人知晓。吃面间，我再次问出这质疑。不料老板竟双手合力拍出一道响，啊，我就是那村的外甥！小时候常常去，和村里人玩得烂熟，脑袋随便一晃，就能摇出十几个名字来，近年里忙生意，一年到头不得闲，跟舅舅喝酒的机会也少了……他声音由高到低，由快到慢，越来越沉，像下坡滚落的铅球，被什么挡着了。直到他拿出手机给舅舅问好，又问起广发来。确认，原本稀松平常之事，却在那一刻泛着粼粼光波，照亮了世间的美好。

四

原本坑洼、铺满沙石的小路，离开小镇越远，越杂草丛生得曲折、孱弱。沿着唯一一条通向小郑庄的乡村小路行驶，母亲说，完全不对模样了。路道不对，农田不对，路边的房屋不对，途经的村子方位不对，就连进村以后，池塘、大树、所有现出的民居及村人都不对。几个老人晃在水泥铺就的村道上，母亲一一看了，不识。孩子们不时地顶着细雨蹿到眼前，一律陌生了。

路到尽头，岔出两条夯土小道来。我们向左，又在尽头拐角停下。下车寻路，一群从水田插秧上来的赤脚妇人对着我们纷纷摇头——她们只是别处请来的帮工。于是我同母亲、弟弟挨家挨户地去敲门儿。雨落着，没有寻到人，却有家狗追上来。我们只好退回到水泥路与夯土小道的交会口。

一个打花伞的女人抱孩子经过，探得来意，便伸手指着将我们送向左侧夯土小道左边的第二户人家。

没有院子，三间主房一字排开，门口堆着一垛废弃的红砖，尽头有一间矮小偏房，偏房墙根儿歪斜着一座铁制的鸡舍。

立在主房檐下，敲门。许久，无人应答。院子里的狗狂吠，惊得鸡也跟着跳叫起来。偏房的门虚掩着，没有动静。我们面面相觑，退回到路口。又是打花伞抱孩子的女人，她耿直笃定地朝天吼，去！去！你们尽管去，有人在！我们再次走到檐下，敲门声更大了。果然，一会儿，从两扇欲关欲闭的大门里探出一个脑袋。她用仿佛许久不见光线的眼睛对着母亲问，谁呀？你找谁？母亲道，我李梅，是二妮吗？时间停滞着，她上下左右打量，口里重复母亲的名字，摇了头。母亲倾身又道，那个，我李梅呀，你不记得了？她呆滞的目光投进时间的长河搜寻良久，只跟着再次摇了摇脑袋……褪了红漆的木门在迟疑中越合越小，越合越小，终于成了一条缝。毛毛细雨无声降落，浩渺的天空灰云积存，乌泱泱、黑压压的，像一口巨大的锅往下扣，忽然，门"吱呀"一声，她又把头探出来，茫茫的目光落向我。母亲赶紧介绍我，又提起父亲来。她眼睛突然放亮，下意识地，大门洞开，那声音也跟着动作高快起来。她口唇哆嗦，抖着手，一把拉上我直往屋里拽——快快，快进来！老天爷呀……我想破头也想不到是你们……

二妮婶的腿不很灵活，一步一停，拖着胯骨往前挪，左脚一颠一颠的，显然伤了腰椎。我这才意识到，为什么一个人宁愿在黑暗里枯坐或干躺着，也不想见见光。用臂力扶持她坐下，我的目光定格在她的脸和眼睛上——双眼皮，宽脸庞，堆着两腮，皮肤泛出不真实的浮光。往事翻涌，那些闪光的过去从她紧攥着的我的手心里溢出来，呀！没想到还能见……那时候，我成天抱你，成天抱……这么点儿高，喂你饭，到处遛，转眼恁高了。她紧握着摩挲我的手，抽出一只在空气里比画完又落回来，扭了身子对母亲道，你可没原来的相哩。唉，几十年摞到人身上，哪个受得了，走在大街上肯定不敢认了……一直想回来看看的……母亲的声音低下去了。

父亲的走，是看不见的一道伤。听到父亲走，二妮婶昂的一声叫……我的手被她攥得更紧了。难掩的悲伤从她虚浮的脸上渗出来，呜呜的哭声一点点儿浸染着房间上空。我的手被她生握着，挪不动，移不了，腾不出来……时间都被悲哀占用，仿佛那悲哀是一件多么神圣而不容侵犯的事情，没有人率先打破这人走情浓的缅怀。过了一会儿，我双手已然汗涔涔的，生酸、麻木了，也不能动一动……母亲终于问起她的腿。我这才知道，农忙时，家里缺劳力，已经七十九岁的她亲自到地里去捆麦车，从麦堆上滑下来，折了腰，躺了几个月，现在勉强能走动……提起广发叔，二妮婶昂头用下巴朝门外的偏房戳了一下——瘫了，十几年了，终日枯在床上。

一推门，就瞧见广发叔倚床头坐着，干瘪的面上只剩一张老皮箍着脸骨，空洞的口里吊着两颗门牙，眼睛巴巴望着顶上，半截身子一动不动——他双腿，与其说摊平在被褥里，不如说什么也没有了。不过是没了肌肉依附的两截麻秆似的细骨贴着床板，看起来空荡荡的。屋里的静和他是一样了。我和弟弟先后叫了一声"叔"，他缓缓转头，麻木地瞅了一眼。提起赵师傅，他的眼睛突然有了光，探身张口，抬手抖动，仿佛在说着什么。弟弟赶紧凑到近旁。他便含糊不清地对生前的父亲作评价，你爸爸，那是个好人哪……好哥哥……啊，这就见不到了……他伸出枯瘦的右手用骨节捶打床帮，浑身发抖。弟弟颔首扶他，又提起父亲的遗憾以及我们这些年的境遇来。广发叔句句听得走了心，他坐在床上哭起来……我到连绵的细雨里抹了一把脸，又无所适从地把无处安放的自己带进堂屋。不时地，我仍能听见弟弟、广发叔的声音从偏房传出。语言是刀，现实是另一种利器，它们交锋出火的温度，在灵魂的躯体里上上下下。生活可以让人穷，让人累，让人痛，甚至把人一辈子摁在一个地方，多年努力都空付……可是缘何要拿走他的健康？还留着深沉的痛感……疼痛催人奋进，可他再也长不出希望的翅膀。

确山渡 ———————————————— 175

五

二妮婶说起我的出生来——一只脚踏进人间试探十七小时，一只脚却无论如何不肯落地。围观人看得提心吊胆、六神无主，只嗡嗡响着茫然的议论。当她隔两条村子请到产婆将我接济过来时——浑身乌紫瘀青，动也不动一下，似乎没有生命迹象了。母亲虚脱着，奄奄一息。父亲靠墙抱头，弯下身子，堆在地上，发出一声凄厉的悲怆，完了。你不知道多吓人呢，产婆将你拎起，拍打，仍是没有动静……

是不是在那口荷塘边的茅屋里？我知道那儿，离村有点儿距离，门口池塘有白净的藕，我总记得我在门前爬行，荷叶枯着，母亲下去为我摸藕的场景……二妮婶诧异地看着我，发出一声怪诞而响亮的唏嘘。在母亲的肯定下，我记忆的罗盘持续旋转——小屋北墙上的木箱，表皮的朱红色油漆都褪了，现出深深浅浅的小坑，却总是高挂着，它是父亲那一时期为全家谋生的主要工具，里面装有画笔、颜料、漆刷、披铲、桐油、腻子、贴花等，那时候，父亲便是靠它们穿街走巷为十里八乡的人家提供一流的家居彩绘换来余钱糊口，糊母亲的口、我的口、弟弟的口。他因技艺超群而获得了一个受人尊敬的称谓——赵师傅。只是定居正阳乡下以后，父亲又动用别的技艺，那口箱子便彻底遗弃在床底了。

————————————命的门

荷塘还在否？如果在，我想去看一眼。二妮婶一句"早不在了"断了我的念。是呢，豫南的平原少河，也缺沟渠，不近水源的地方只有人工挖掘的池塘可以蓄水，平日里除了靠天收成，还能用水泵从池塘抽水灌溉农田。然而近年来，年轻人呼啦啦往外跑，村里只剩老人和小孩儿，田地缺少应有的打理，只吊着一口弱气，顺天应命地承载着庄稼的更迭。苗壮，是谈不上了。池塘枯了，周边泥土陷落，日积月累，深坑变浅坡，成了田地的一部分，种了麦子或插了秧；茅屋倒了，残垣断壁朽了，化作无人问津的土堆，经年累月地被风吹平，种了玉米、红薯或村里正推行的一种草药，都是意料之中的事情。

　　有发叔叔常年在外头打工，到年关才偶尔回一回。村里的事问得少，亲人也缺乏走动。可是，不去打工，又做什么呢？田地能填饱肚子，却不能刨出银子，就算不能给孩子挣个好前程，平常的人情应付也得靠打工……你看看，村子里都是老带小，老老带小，稍稍有点儿精力劲儿的都在城里，只有农忙才回来帮几天，忙完就走啦……我这才意识到，那些留守村子的老人和小孩儿，都是隔代，甚至隔两代的——有的孩子并不由爷爷奶奶代管，而是太爷爷太奶奶。一拨又一拨的孩子一断奶就跟着老人了——他们无视过往车辆的紧急停刹，就在村里的公路上横行，嬉戏，打闹；他们不管池塘水的深浅、浮萍下的淤泥，就爬到岸边的歪脖子柳树上看谁跳得高，跳得远，有的再也没有爬上来；他们就像失去光泽的琥珀躺在命运的荆棘里，梦一样度虚幻的日子，野草般疯长……老人追不上相隔大半个世纪的光阴啊，他们蹒跚的步履远远落在孩子身后面。

雨下得淅淅沥沥的，雨伞可有可无。

搀扶着二妮婶，我们上了夯土小道。走几步，停一停，向右转了一个弯，在一座废弃的青砖小屋前驻足——这就是你们当年住过的房子，你看，门脸儿、窗户、墙壁、屋顶，砖瓦……都还好着。二妮婶指着它，仿佛指在我心上。我久久站着，凝视这座低矮的房屋，它掩映在杂草丛中，屋檐四角满是青苔、垢、细碎的枯叶、风干的藤梗，没有人居住的痕迹了。我用眼睛拨开屋前屋后的茅草、艾叶、苍耳、刺芽子、菇娘藤，仿佛看见了儿时的自己，围着有发、德发叔叔转啊转，在门前嬉戏打闹、和村里的孩子们疯玩……仿佛那稚嫩的笑声也还在，只是"嗯"的一下又远了。时光不老人增寿。如今我们天南海北，相见也不识。这苍老的青砖小屋！谁又记得它曾经为谁遮挡过风雨呢。我反过手来握住二妮婶的手，只一路并肩，无语、有力地带动她的臂膀往前抬，直走到德发叔叔的平房里。

德发叔叔的院子、檐下、门脸侧边堆满了草药，花婶弓腰一把把将着藤上的药草，动作娴熟、迅捷，一看见我们就停下来，笑。她满口地道的河南话将人往里让，没有一点

────────── 命的门

儿云南口音了。让座，倒茶，给孙女擦脸，拿毛巾清洁桌面，打扫犄角旮旯儿，坐着时两手轮流捶打腰背——由于活重，她背上已压出罗锅来，刚刚吞了药，又摊手道，吃药也不顶用，依旧疼，这活儿不干怎么成，堆得像山……德发叔叔默坐着，话语总是落在动作后面，一看见烟，便憨憨地笑起来。他坐半天满脸憋得通红，磕磕绊绊聊了几句眼下最难为情的境况——支门户，随份子钱。一年到头土里扒，只够挣点吃的，支门头随的份子钱要到外面打工才能维持……点了烟，他一口接一口地抽，只剩下沉默了。

六

宏哥从田间回来，一看见我就笑了。我笑问，宏哥，你还记得我吗？他立着，定了定神又笑了，那时我都七八岁了，经常带你玩儿嘛……转身出去时，关乎他的腿，二妮婶所说的儿时发烧引起的小儿麻痹症，我倒是全忘了。

当饭菜上桌，大家围了一圈，我不禁勾勒起当年的情景来。那时候，父亲和广发、有发、德发叔叔该是常聚常新吧。如今走的走，瘫的瘫，忙生计的常年漂在外头，在家的越来越扛不起门户……若说而今的生活，还生结着诸多忧苦，那物质匮乏的当年，该是多么艰难！然而，尽管艰难，他们仍向我们施以援手，使我在后来走向更为自由宽阔的人生。如果没有这三年，没有固定的住处，舅舅无法给母亲写信，外公也寻不到我们；如果没有这三年，生活只能在颠沛流离中进行，没有户籍，我也无法进入学校；如果没有这三年，没有生存的依傍，我和弟弟都会长成荒原的野草……我知道，在这片陌生的土地上，多少次母亲遭遇困境曾想离我远去而终未成行。倘若母亲当年离开，或许我就落在这片土地上，又或许父亲把我带到别的什么地方了……静儿哎，以后可得好好待你妈妈！我沉浸得居然忘了礼节。二妮婶带着嘱托把杯子举过来，伴着刺耳的碰撞声，我看见它们在桌子的上空开了花，又各自散回去。一如我们的人生，聚合，又散落。

我们在说笑中留下彼此的联系方式——电话、微信、QQ，我深知这些比地址更近距离、短促、快捷的交流方式，并不会加深我们之间的情谊。面对这曾经托起我生路的陌生的亲人，我又能做什么呢？就连给婶子十六岁的孙儿找份好工作都办不到。三十多年的时光阻隔，早已将我们推向两个完全不同的世界，几乎再没了交集的可能。人生便是如此，你想留住的些许温情与美好，却总在时光与生活的催促下，不知不觉变得冷漠和混沌。

一一别过，我把车灯点亮。身后突然传来鸡子的挣扎和啼叫，扭转头，鸡舍上空飞着几只羽毛，鸡笼的入口处，宏哥正探头趴着，手里攥了一把鸡毛。鸡子们奋力跳叫、逃脱着，零乱的细雨在车灯的照射下针一样唰唰落在他身上……我退到近旁，阻止着，扶宏哥起来。一种不可抗拒的力量将我推向歪站在雨中的二妮婶，那些没有说出的话，没有表达的情愫，终于在我们的握手与拥抱中得到传递。

夜色深沉，村子里的零星灯火映衬着连天的雨幕将我们送至村口。

我踩住刹车，回望身后——就是在这里，青黄不接的四月，我来到人间，母亲曾动过心思为我取名"青黄"，最终以"静"替代。时隔多年，我又一次来到这里，像做了一场梦。只是，这次的梦境比以往任何一次都真实，清晰，难忘。却原来，这是我来人间必经的渡口。

离开这沾满回忆的血地，一种怯怯的、前途未卜的惧怕，又潜入我的生命：无论去往何处，都是没有归宿感的奔赴。然而，我抛不下这些曾经哺育过我的地方。我必须回望、梳理，再次上路。迷茫的人世，奔腾的雨雾里，我努着腰身缓慢、迟疑、不知所措地爬行着，忽然在鼻尖一酸的生涩里，看见一团橘红色的敞亮，然后——"母亲"，这个没有色彩的称谓正一点儿一点儿从心底溢出，它似乎开始变得绚丽起来。